講談社

わたしは誰も看《み》たくない

小原周子
Shuko Ohara

1

十月の中之条《なかのじょう》駅のホームには、冷たい風が吹き抜けていた。山からおりてくる風にあおられ、穂乃果《ほのか》はぶるっと両腕を抱きしめる。

短大に入学するからという大義名分をかざして、この駅から東京を目指したのは、もう二十年以上も前の一九九七年だ。今は四十代になり、顔にはしわが増え、ふた月に一度は髪を染めなければいけなくなった。

年を、取ってしまった。

だが穂乃果の人生は充実していた。結婚もしたし、子供もいる。澄み渡った空を見上げながら、感慨深く思う。

愛情があるんだかないんだかよくわからない結婚生活だったとしても、だ。

短大を卒業するころ、穂乃果は実家に帰らなくてもいい正当な理由を欲していた。合コンで知りあった男との出来婚だったが、理由としては申し分なかった。

愛情の深さはともかく、なにもかも思い通りにいったと内心ほくそ笑んでいた。

口元を歪めて、笑う。

高校生のときひどいめにあわせてくれた妹の小夜子《さよこ》は、未だ独身だ。旅館の仕事を押し付けられて身動きできない。

もちろん子供などいない。

結婚話は、小夜子が高校を卒業するころにあった。高校の同級生の兄だったが、穂乃果が邪魔をして、破談に追いやった。以来、彼氏がいるとも聞いていない。

独り身のまま、年老いた両親と古くて狭い旅館に押し込められている。

穂乃果の思惑どおりになって、うれしくてならなかった。

笑みを浮かべて駅の改札をくぐると、バスが停まっていた。穂乃果の実家まで連れて行ってくれるバスだ。

逃げ出すように出た家には、年に一度しか帰らない。息子の颯馬《そうま》も小学生のころはついてきたが、大学生になった今では、母親と一緒に出掛けるなんて恥ずかしいのだろう。夫は颯馬が行くと言うから一緒に来ただけで、簡単に数えられる程度だ。ここ数年は一人で訪れている。

実家に帰る目的は、小夜子が本当に家業の旅館を手伝っているのか確認をするためだった。ついでに今でも結婚せずにいるのかも知りたかった。電話だけでは、嘘《うそ》は見抜けない。この目で、古くてぼろい旅館で働く小夜子を目にしなければ気が済まない。

旅館の仕事に追われ、結婚すらしていない女の姿がどんなに惨めでみっともないか、穂乃果は目に焼き付けたかった。

そのためだけに帰ってきた。両親には別の理由を掲げて。

次の正月も帰れそうにないしね。今なら少し時間が取れるから、たまにはね。

そんなふうに電話で話している。母親の春子《はるこ》は手放しで喜んで、今頃はごちそうを用意して待っているはずだ。

駅前のロータリーに停まっていたバスに乗り込む。乗客は、観光客らしき数人がいるだけだった。

昼を少し過ぎて、山間《やまあい》の温泉町にある実家に着いた。

今日もきっと忙しく働いているに違いないと思いながら中に入っていったが、意外にも春子が、家の居間でこたつに両足を入れて転寝《うたたね》をしていた。

「あれ。今日はお客さんいないの？」

それまで寝ていた春子が顔をあげる。

「ああ、おかえり。うん、そう。昨日今日は予約が入ってないんだよ」

よだれが垂れていたのか、唇《くちびる》の端を手のひらで拭う。

「そんなんで大丈夫なの？」

春子のとなりに腰をおろし、こたつ布団《ぶとん》をまくる。

「うん、なんとか」

「なんとかあ？　ほんとに大丈夫なの？　なにかあってもわたしは援助しないわよ」

客室が五つしかない家族経営の旅館のもうけは多くなく、食べていくのがやっとという有様は、穂乃果が住んでいるときからかわらないはず。それでもいつかこの旅館を継ぐのだと夢に描いていたときもある。

「まあ、なんとかね」

すっかり白くなった髪を、ぎこちなく指ですく。

「小夜子は？」

ほかに人の気配がない。

「昨日から高崎《たかさき》に行ってる」

「まさかまだ、高崎の男と付き合いがあるの？」

春子の表情が曇る。

「さあ。でもそれはもうないと思うよ。妹と友達だから、そっちと会っているんじゃないかな。年も年だからね、あんまりわたしも詳しく聞かないけどね」

高崎の男は、ずいぶんと昔、小夜子が結婚したいと望んでいた相手だった。

今でもその妹とは付き合いがあるのかと、正直穂乃果は驚き、憎々しくも感じた。

小夜子には常に一人でいてほしかった。彼氏も友達も、小夜子にはいらない。ここにいて、年老いた両親と古い旅館を手伝っているだけでいい。

「何時に帰ってくるの？」

さあ、と両方の肩を持ち上げている。

「今日も泊まってくるかもしれないね。いいじゃないか。たまには。ずっとここにいるのもね、退屈なんだよ。だから最近なんだっけ。写真撮って、パソコンで公開するの」

「インスタ？」

「うん、それだったかな。ずっとやってるよ。お客さんもそれを見てきたって人が増えてきたよ。穂乃果も見てみてよ」

「興味ないわ」

本心だった。この町の風景や旅館の建物は見飽きている。

「どれ、お茶でも淹《い》れようか。外は寒かったろう」

「もう大丈夫」

十月の温泉町は寒い。芯まで冷えた体が、こたつで温まっていく。こたつの中で両手をこすり合わせれば、さらに指先の温かみが増す。

背中を丸めて、肘《ひじ》まで入れていると、父親の和夫《かずお》がのっそりと現れた。

「なにしてたの？」

「客がいなくても掃除はしないとな。今日はどうした」

過去の出来事が原因で和夫とは溝ができてしまったが、年を重ねるごとに狭まり、ここ何年かで普通の親子に戻れた気がしている。会話も昔よりずっとスムーズになった。人並みに結婚して、子供を産んだのも理由のひとつかもしれない。和夫からしてみれば、回り道をしたが人と同じレールに乗れたとほっとしているのだろう。

「お母さんには電話で言ったわよ。お正月も帰れそうにないしね。たまには顔を見せたいと思ったのよ、それだけ。それにしても面倒ね、旅館て。客がいなくても掃除はしなきゃならないんだから」

あからさまに不機嫌になった和夫は、眉間にしわを寄せた。

両親は二人ともこの町で生まれ育ち、ここでずっと生きてきた。この町から離れて暮らした経験はない。和夫の両親から受け継いだこの旅館を生活の糧《かて》として大切にし、ありがたがっている。穂乃果だってこの旅館のおかげで短大に進学できたのだから、感謝しなければならなかった。

「客のおかげで、俺たちはここで暮らしていける。温泉とこの建物には感謝しないとな」

出た出た、とうんざりする。温泉に固執する和夫の考え方は、あの時以来嫌いになった。

「とにかくだ、温泉は……」

そこで声が途切れたなと思ったら、どすんと派手に和夫が膝《ひざ》をつき、たたみの上に寝転がるように倒れ込んだ。

「やだ、ちょっとどうしたのよ」

こたつから立ち上がって和夫に近付き、その顔を覗き込んで、思わず後ずさった。

「どうしたんだい？」

春子は湯飲みの載ったお盆を手にし、暖簾《のれん》の間から顔を出した。

「救急車！」

叫んでいた。

のけぞった穂乃果の足元には、白目をむき、舌を垂らし、呼吸をしているのかどうかも不明な和夫の顔があった。

「救急車！」

もう一度、叫んでいた。

和夫は一時間後に高崎の病院に運び込まれた。

「呼吸と心臓が止まりかかってます。どこまでやりますか？」

細かい説明を飛ばし、医者はいの一番にこう訊《たず》ねた。

救急外来の処置室の前で、口を半開きにした。

「どこまでって？」

春子と二人で顔を見合わせる。春子も困惑していて、ぎゅっと穂乃果の手を握りしめている。

「今のままではすぐに呼吸も止まってしまいます。延命を希望しますか？」

握っていた手に力を込め、ちらりと見る。なにか言いたげに唇をぱくぱく動かしている。

「お母さん、どうしよう。でも、お父さんには生きていてほしいよね？　できることは全部やってほしいよね、そうでしょう？」

「でも、穂乃果。お父さん、器械までつけられて生きたくないって言ってたよ」

「いつの話よ、そんなの。それに器械がつくかどうかなんてわかりゃしないって」

そう言いながら、そうか、と気が付いた。なにかの器械が使用される場合もあるし、寝たきりになる可能性もある。

「それ、小夜子も知ってる？　器械つけてまでっていうの」

「うん、知ってる。みんなの前で言ってたから」

「ふーん」

隣に立っていた春子を押しのけ、ずいっと前に出る。

「もちろん、最善を尽くしてください。どんな姿になっても、父には生きていてほしいんです」

はっきりと、滑舌よく言った。納得した医者はすぐにまた処置室の中へ、自動ドアをくぐって消えた。

「穂乃果、どんな姿になってもって、どういう意味？　器械をつけてもっていう意味？」

春子は不安気に、瞳を泳がせている。

「お父さんに生きててほしいでしょう？　だから生きてもらうの。生きてもらわなきゃ。小夜子だって、きっとそう思うわ」

そう言いながら、心の中では笑っていた。長年離れて暮らしていた小夜子の気持ちなんて、穂乃果は知らない。だが延命されて、器械をつけられた和夫を見たらなんというだろう。怒るのか、困るのか。穂乃果を責めるのか。それとも感謝するのか。

小夜子の困り果てる様子を見るのは悪くない。

和夫には少しかわいそうな気がしたが、これも運命だし、親に少しでも長生きしてもらいたいというのは、子供としては当たり前だ。嘘はない。

「でもね、お父さん、前に言ってたよ。変な姿になってまで生きたくないって。ぽっくり死にたいって」

「変な姿ってなによ。生きててくれたほうがいいでしょ」

「でも、寝たきりになったりしたら」

すがるような視線で見つめてくる。

「大丈夫よ。元気になると思うから、先生だって、延命治療になったら、っておっしゃったでしょ。まだ決まったわけじゃないから。そんなに心配しないの。それよりも小夜子に連絡してよ。あの子にも来てもらわなきゃ」

春子の目に、涙がうっすら溜まっていた。見ないふりをする。

どんな姿になって和夫はここから出て来るのか。二本の足で立って出て来られるのか。それとも器械で生かされて出て来るのか。

一緒に住まない穂乃果には、どんな形であっても構わなかった。寝たきりになろうがならなかろうが、面倒はない。

小夜子の顔がちらりと瞼《まぶた》の裏をかすめていく。

あの高慢ちきな女を徹底的にやり込めるためなら、和夫に少々犠牲になってもらったとしても仕方なしと思った。


医者とは、なんとありがたい職業なのか。

処置室から病室に移動してきた和夫を目にして、心からそう思った。

口に入った管。管と繋がれた器械。和夫の腕に刺された点滴。

なにもかも想像通り、いや、それ以上の姿だった。

数分前に行われた説明によれば、大動脈弁狭窄《きょうさく》症という病名で、病院に運ばれたときには、すでに心臓も、呼吸も止まりかかっていた。それを器械と薬で動かしたが、先に呼吸が止まってしまったため、人工呼吸器をつけたという。

春子はその姿を見て、言葉をなくし、部屋の壁に寄りかかっている。

「お母さん、しっかりして。よかったわね、お父さん、ちゃんと生きてるわよ」

慰《なぐさ》めにならないのは、重々承知している。春子は答えないし、首を動かしもしない。なにを考えているのか、表情もない。

もう一度慰めてやらなければと声をかけようとしたとき、部屋のドアが勢いよく開け放たれた。開いたドアから、小夜子が飛び込んできた。

一年ぶりに会う小夜子の顔は、醜《みにく》く歪んでいた。

「あんた、来てたの」

「ええ、来てたのよ。安心して、お父さん、ちゃんと生きてるからね」

「生きてるって……」

そこから先が続かないようで、息を呑《の》んでいる。

「ええ、ちゃんと生きてるわ。よかったわね。大丈夫、きっとよくなるわよ」

小夜子は人工呼吸器につながれた和夫の姿を、唇を固く結んで見つめている。

「よくなるですって？　こんな器械につながれて、どうやってよくなるのよ。冗談じゃないよ。わたしの友達のお母さんがやっぱり器械をつけてたわ。何年も生きたのよ。寝たきりで」

苦し気に息を吐き出した後で、鋭い視線を穂乃果に投げつけた。

「穂乃果ね、こんな器械をつけさせたの。そうでしょ、そうに決まってる」

「そうよ。延命治療を頼んだのよ。死なれたら困るでしょう」

「勝手ばかりしないでよっ！　だってお父さん、前から言ってたんだから、器械をつけてまで生きたくないって。お母さんはちゃんと知ってるんだから。穂乃果だわ、穂乃果が勝手にそうさせたんだ！　お母さんの意見を差し置いて。それでこんなになったお父さんの面倒を、わたしに看《み》させるつもりなんだ」

目に涙が張り付いている。

「一体、どこまでわたしを苦しめれば気が済むの？　どういうつもりでいるの？」

ゆっくりとぎこちない動きで近付いてきた小夜子に、両肩を摑《つか》まれる。身を捩《よじ》って、逃げた。

「小夜子こそ、自分がなにをしたのか、忘れたとは言わせないわよ」

「子供のころだわ」

「高校生なら半分大人。わたしはね、今でもあんたを許しちゃいないの。そればかりかね、年々憎しみが増えていくのよ。ここまで恨まれてるのってどんな気持ち？　徹底的に嫌われるのも悪くないでしょう」

血の気が引いた顔は、左右に小刻みに揺れている。口は酸素不足の金魚みたいにぱくぱくしているが、なにも言葉にはならない。

「ま、せいぜいお父さんの面倒をしっかり看て、介護してちょうだいね。そうすればいつかは元気になるかもしれないんだから」

「ばかばっかり言わないで。元気になんかならないんだよっ。あげく、お父さんを押し付けようとしてる」

頬《ほお》を持ち上げて、にっこりと笑う。

「希望は捨てちゃ駄目。いつかはよくなるって信じなきゃ」

「あんた、最低。そんなに言うんだったら、穂乃果が面倒看ればいいじゃない。わたしはいやよ」

苦し気に歯の間から、息を吐き出した。

「わたしには家庭があるのよ。大学生の子供だっていてお金もかかるんだから。面倒を看るって言っても入院してるんだからいいじゃない。家で介護しろって言ってるんじゃないのよ。しっかりやってね。じゃ、あとよろしくね」

手をふらふら振りながら、穂乃果は病室を出て行った。

おかしくてたまらなかった。

薄汚れた廊下をスキップでもしたい気分だった。

それもこれも、穂乃果があの町を出ていかなければならなくなったきっかけをつくった小夜子が悪い。

小夜子がいやいやながら旅館に残ったのも、結婚もできずにいるのも。

すべて自業自得だった。

病院から家に帰ると、駅前はすでに真っ暗になっていた。改札をくぐると同時に、同じスーパーで働く吉野《よしの》と偶然出くわした。彼女もどこかに行った帰りらしく、デパートの袋をぶら下げていた。

「あら、珍しいところで会ったわね」

人懐こい笑みを浮かべて、吉野が近付いてきた。

「そうね。買い物？」

「うん。今日は息子が外でご飯食べるっていうから、一人も寂しいでしょう。だから外食しようと思って外に出たんだけど、買い物したら疲れてしまって。結局なにも食べずに帰ってきたの。大宮《おおみや》駅にはよく行くんだけど、いつ行っても人が多くて疲れるわね。それでも一人で家にいるのもなんだかって感じでね」

まだ六十歳の吉野は、ずいぶんと前に夫を亡くしたと聞いていた。以来、息子と二人暮らしをしている。

「神崎《かんざき》さんも買い物？」

「ううん。実家に帰ってたの。そしたら父が急に入院してしまって」

「まあ、大変。大丈夫なの？」

「一応落ち着いたわ。あとは妹に任せてきたから。それよりもうちで夕飯を一緒に食べない？鍋の材料を買ってあるんだけど、息子は外で済ませるって連絡が来たから、旦那と二人で鍋っていうのもね」

電車の中で息子からのラインを読んでいた。吉野が一緒なら、テーブルもにぎやかになるし、冷蔵庫の中も片付いてちょうどよかった。

「遠慮しないでお邪魔しようかしら」

「来て来て」

吉野の腕を取り、マンションまで歩いた。その間、職場の愚痴を言い合った。

マンションに着くと、すでに祐一《ゆういち》が帰っていた。

前にも何度か吉野は家に来ているので、祐一も顔と名前は知っている。

吉野を見て、祐一は眉をひそめた。それでも妻の職場のスタッフだからだろう「どうも。いつもお世話になってます」と浮かない表情で、祐一は挨拶《あいさつ》をした。吉野も腰を折る。

すぐに自分の部屋に行こうとした祐一を吉野が止めた。

「せっかくだから一緒に待ちましょうよ。支度《したく》なんかすぐにできるでしょうから」

「はあ、でも二人の邪魔をするのもなんだし」

祐一の口調は歯切れが悪かった。

「そんなことないわよ。二人よりも三人よ。楽しくやりましょうよ」

「はあ、そうですねえ」

曖昧《あいまい》に祐一はうなずき、吉野が腕を取り、リビングのソファに導いた。

これではどちらが客だかわからない。

リビングのソファに座った二人に缶ビールを差し出し、穂乃果は鍋の支度を始める。すぐに吉野のはじけるような笑い声が響いてくる。やはり息子との二人暮らしは寂しいのだ。

「旦那さん、不動産屋の営業でしたっけ？」

「まあ、そうです」

「こんなご時世にお忙しいなんて、優秀なのねえ」

「暇ですよ。だからこんな時間に家にいられるんです」

「まあまあ、謙遜《けんそん》しちゃって」

吉野の軽快なしゃべりは止まらない。そのあともなにか言っているが、小声なので、よく聞き取れない。

用意のできた鍋を囲み、三人でつつく。そのころには、祐一はビールから焼酎《しょうちゅう》に切り替えていたが、表情は冷めていた。むっつりと焼酎を飲んでいるばかりで、あまり鍋に箸《はし》を伸ばさない。

なにか不服でもあるのか、穂乃果がテーブルについてから、だんまりを決め込んでいる。

「やっぱり大勢で食べる夕飯はいいわね。二人と三人じゃ大違い」

反対に吉野は無邪気に喜んでいる。

たわいのない話は続き、食べ終えても片付けもしないでしゃべり込んでいると、颯馬が帰ってきた。

「やだ、ずいぶん話し込んじゃったわ」

さすがに吉野が立ち上がった。

颯馬は挨拶もせずに、自分の部屋に引っ込んだ。ラインで知らせてきたとおり、夕飯は済ませているようだ。

「ごめんなさい。遅くまで。そろそろ帰らなくちゃ。旦那さん、お邪魔しました」

穂乃果にではなく、祐一に吉野は深々と頭をさげる。

「じゃ、わたし、これで。後片付けもしないで悪いけど」

「いいのよ、気にしないで」

玄関先まで見送ってリビングに戻ると、祐一が汚れたテーブルを眺めていた。

「仲がいいんだな」

憮然とした面持ちで、祐一は言った。

「そういうわけでもないけど」

「なんだか疲れたな。風呂入って寝る」

と言い残し、祐一はそのまま風呂場に行った。

素っ気ない態度だった。おかげで和夫が入院したと言いそびれてしまったが、慌てる必要もない。

和夫には小夜子がついている。穂乃果はなにもしないし、するつもりもないのだから。なんの心配もいらない。

高崎の病院から中之条にある病院に転院したという連絡は、それからひと月後に来た。今は入院と同時に退院先を決めなければならない規則があるとかで、人工呼吸器をつけた状態で今後、自宅介護をするか、施設にするか判断を迫られていると聞かされたのも同時だった。

自宅介護をする。

誰でもない、小夜子がするしかないと知ったとき、穂乃果は小躍りしたいくらいうれしかった。

＊

西暦二〇〇〇年までもうあと四年、という三月だった。

三月とはいえ、山間にある温泉町に吹く風は、まだ冬の冷たさを残している。暖房が効いていない部屋は寒すぎて、布団から飛び起きた穂乃果はすぐにヒーターのスイッチを入れた。タイマーにしていないのは、電気代と灯油を節約してほしいと母親の春子に頼まれていたからだ。

スイッチを入れると同時に吐き出されてきた暖かい風に手を合わせていると、二つ下の妹の小夜子が布団の中でうごめいているのが目に入った。

「小夜子、起きて。今日も朝シャンするでしょう。学校に遅れるよ」

ぽんぽんと肩のあたりを叩くと、小夜子は布団を跳ね飛ばして起きた。中学三年生になってから、小夜子の朝シャンは毎日の恒例になった。始業式から一年近くも続いている。最初のころは朝から頭を洗うなんてと反対していた春子も、いつの間にかなにも言わなくなった。

パジャマ姿で家の風呂場に行く小夜子を見届けて、制服に着替える。あと数日で春休みになる。春休みが終われば穂乃果は高校三年生だ。

家が経営している旅館を継ぐ、と決めたのはいつだったかもう思い出せない。長女だったし、それが当然だと思って育ってきた。たとえ、駅からは車で三十分以上もかかる山の中の温泉で、従業員もいない家族経営の旅館だったとしても。

旅館、と言っても建物は民宿に近い。部屋数は五つしかないし、家族が住む住居は、旅館にある。一階二階が客室、三階が家というお粗末なつくりだったが、この家庭的な旅館が好きだったし、恩恵を受けて育ってきた。両親も家業を継いでほしいと願っていたし、穂乃果自身もそうしたいと考えていた。それは穂乃果のささやかな夢でもあった。

高校卒業後は家業を継ぐために、前橋《まえばし》にある観光専門学校への進学を希望している。そこでホテルマンとしての勉強をし、まずはどこかのホテルに就職するつもりでいた。三十歳になるまでホテルマンとしてのノウハウを身に付け、ここに帰ってきて旅館を継ぐつもりだった。もちろん専門学校に行かなくても、旅館経営は可能だ。近所の知り合いにも、中学しか出ていないが、家業を手伝っている者もいる。方法としてはいろいろあるが、今のところそう決めている。

制服で居間に行くと、シャワーの音が聞こえてきた。父親の和夫はすでに旅館の仕事を始めていて、姿はどこにも見えなかった。かわりに春子が台所に立っている。

「小夜子はあいかわらずだねえ」

半ば呆れながらテーブルに茶わんを並べている。

「趣味なのよ、趣味。お母さん、あとはわたしがやっておくから。旅館に行っていいよ、忙しがってるよ、お父さんが」

春子から盆を受け取る。

「悪いね。じゃ、頼んだよ」

客の朝ご飯には少しばかり早いが、準備は何時から始めたっていい。

忙しい両親にかわり、穂乃果は朝食の膳を整えた。そのうちに髪をすっかり乾かした小夜子がテーブルにつく。

「今日も和食か。わたし、たまにはパンがいいな」

膨れる小夜子をたしなめる。

「贅沢言わないの。お客さんの分と一緒にご飯を炊いてるんだから。早く食べて。バスの時間に遅れるよ」

ぶつぶつ文句を言いつつも、腹は減っているんだろう。小夜子はふてくされながら、海苔《のり》と鮭《さけ》の切り身でご飯を平らげた。

穂乃果が通う高校は、家の前から出ているバスに乗って四十分かかり、バス停からも歩くので、一時間はみておかなければならない。小夜子の中学は高校に行くバスの途中にある。自転車で行けなくはないが、雨の日や雪の日は厳しくなるからといつもバスで通っている。

急いで朝食を済ませて歯を磨き、制服に着替えた小夜子と一緒に外に出て行った。

旅館の目の前にあるバス停に、穂乃果の幼馴染《おさななじみ》で同級生の弘之《ひろゆき》が立っていた。弘之の家はここから川をのぼって五分ほど歩いた場所で酒屋を営んでいる。

ネクタイをだらしなく緩めた弘之は、大きなあくびをしていた。

「弘之」

無邪気に小夜子が手を振っている。近所でもかわいいと評判の小夜子の天然パーマで緩くカールした髪がふわりと舞った。

「おはよう、小夜子」

弘之は目尻をだらしなく下げた。

「おはよう」

「おう」

穂乃果にはそれでおしまいだった。やるせない気持ちになる。

くるくるの巻き毛で、色が白くて、顔だちも整っている小夜子と比べれば、穂乃果の器量はお世辞にもいいとは言えなかった。薬をつけてもつけてもなかなか治らないニキビも悩みの種だ。一つ消えるとまた一つできてしまい、まさに鼬《いたち》ごっこだった。

やってきたバスには中高生ばかりが乗っていた。各旅館のチェックアウトの時間にはまだ早く、この時間のバスは地元の学生のためにある。

小夜子は一番奥のシートに腰かけ、穂乃果はその手前に座った。小夜子の両脇に、近所の友達が座り込んだ。もちろん男子生徒だ。穂乃果は一人だった。一人で流れていく窓の景色を眺めている。

どすん、と左肩に重みを感じた。顔を向けると、弘之が座っている。

「寄りかからないでよ」

斜めになった体は、穂乃果のほうに傾いていた。

「寄りかかってねえよ。てか、おまえ、今日時間ある?」

反対側の窓を、弘之は見ていた。

「ないわよ。早く帰って旅館の仕事を手伝わないと。弘之だって店の手伝いがあるでしょう?」

弘之の店は、けっこう繁盛していると聞く。旅館にも卸《おろ》しているし、観光客の相手もしている。

「俺はよう、しねえよ。そんなもん」

「ふーん。で、時間があったらなんなのよ」

「いや、よう。たまにはなんてかよう」

どうにも煮え切らない返事に、肩をすくめる。

「春休みになったらね」

「まあ、それでもいいけどよう」

バスは定刻通りに中学校の前に着き、小夜子はシートから立ち上がった。

「お姉ちゃん、いってくるね」

手を振って、バスを降りていった。そのあとも順調にバスは走った。いつもとほぼ同じ時間に校門をくぐる。

「小夜子、ますますかわいくなるなあ」

思い出したように、弘之は口にした。

「そうね。あの子、中学校のアイドルだもん。ま、高校に行けばどうなるかわかんないけどさ」

春には穂乃果と同じ高校に進学する。

「おめえ、僻《ひが》みっぽいぞ」

「そうでもないわよ」

大股で歩き出す。

けれど誰もが認める小夜子のかわいらしさ、愛らしさ、性格の明るさは穂乃果も知っている。うらやましくなるときがないわけでもないが、これぱかりは持って生まれた素質もある。

急ぎ足で教室に行く。

春休みまで、もう少しだ。春休みになったら、旅館の手伝いだけじゃなくて、どこかに遊びに行きたかった。東京じゃなくてもいい。渋川《しぶかわ》でも、高崎でも、行く先はどこでもいい。たまにはあの町から離れた場所で遊びたかった。

旅館の仕事に追われている両親を手伝っているうちに、春休みは半分も過ぎていた。出かけたいときは、誰しも同じなのだ。川に面した露天風呂が評判の旅館は連日満室になり、両親は客の対応に忙しく、自動的に家事や旅館の手伝いが穂乃果に回ってきた。どこかに出かけるどころか、旅館の中にすっかり閉じ込められてしまっている。

そんな穂乃果とは対照的に、小夜子は家事も旅館の仕事もほとんどしなかった。挙句、三月最後の週末になって、東京に行くと言い始めた。

それを穂乃果は夕飯の片付けをしながら聞いた。

茶わんを洗っていた手が止まり、ついた泡を落とそうともせず、後ろにいた小夜子を振り返った。

「東京に行きたいの？　東京のどこ？　一人で？」

両親がいたなら必ず尋《たず》ねる内容を想定した。

「原宿《はらじゅく》」

足の前で手を組み、しおらしく項垂《うなだ》れている。

「お友達と一緒よ。だから心配いらないと思うの。お姉ちゃんも知ってるでしょう？　佐倉朋《さくらとも》美《み》」

ああ、とうなずいた。

この町に住んでいて、小さいけれど家族で土産物《みやげ》屋を営んでいる。お互いの家を行き来しているので、穂乃果もよく知っていた。朋美の姉は東京の大学に通っていて、一人暮らしをしていると聞く。

「朋美のお姉ちゃんが二人で遊びに来たらって言うから。行きたいの」

きらきらと大きな目を輝かせていた。

心はもう東京だ。止めようがない。

「お父さんたちがいいって言えばいいんじゃないの？」

止まっていた洗いものを再開する。きゅっきゅっと音を立てて、スポンジで茶わんをこする。

「そう？　もしお父さんが駄目だって言ったら、お姉ちゃん、助け船出してくれる？」

「そうね。まあ、いいけどね」

振り返らず、背中を向けたままで答えた。いきなり小夜子がしがみついてきた。

「わあ、ありがとう。早速聞いてくるね」

慌ただしく下に降りていく小夜子を止めようとした。

「お父さん、今忙しいよ。お客さんの夕飯の片付けとかで。だから後にしなさい」

最後まで聞かなかったようだ。言い切って後ろを見たときには、小夜子の姿はもうなかった。

わがままを押し通そうとするのは、今回が初めてではない。人への甘え方をよく知っている。それを充分に発揮すれば、両親も「うん」と言わざるを得ない。

片付けの続きをした。

同じ娘なのに、小夜子ばかり得をしている気がする。自分の器量が悪いだけではない、要領の良し悪しもあった。

翌日、小夜子は貯めていたおこづかいと両親からもらったお金を持って東京に出かけて行った。朝早くに出て、朋美の姉のアパートに一泊して次の日に帰って来る段取りになっている。

「小夜子はしょうがねえなあ」

出かけたあとで、父親の和夫が呆れた口調で言った。


小夜子が出かけてからも、穂乃果は両親を手伝った。途中、弘之がひょっこり顔を出したが、こちらも家の手伝いだったらしく、瓶ビールをケースで運んできたのだった。昼前で、旅館の掃除をしていた両親のかわりに応対する。

「しおらしいじゃない。家の手伝いなんて」

汚れた軍手をはめて、ビールのケースを持ってやってきた弘之をからかう。

「うるせえ。やんねえとよ、こづかいをやらねえとか言い出しやがってさ。しょうがないんだよ。どこに運ぶ?」

「旅館の台所」

館内に台所は二つあった。家族が使う台所と厨房だ。当然客用のほうが広くつくられているが、しょせんは家族経営の旅館だから、家のより少し大きいだけだった。冷蔵庫だけは業務用がある。そこの前まで弘之に運んでもらう。

「小夜子はどうした？」

腰を真っすぐに伸ばし、拳《こぶし》で叩きながら弘之は言った。

「今日から東京に行ってるよ」

「東京？　誰と？」

「朋美ちゃん。お姉さんが東京で一人暮らしをしてるでしょう。その関係よ。卒業旅行も兼ねてんじゃないの」

「いいよな、東京で一人暮らし。俺なんかきっとずっとここから脱け出せないぜ」

「頭のつくりもいまいちだもんね」

弘之の成績が下から数えたほうが早いのは、穂乃果も知っていたが、あまり人のことは言えない。よくもなく、悪くもない順位だった。それにどうせ旅館を継ぐのだから、いい成績を残したところで大学進学もしないとなれば、勉強に熱が入るはずがなかった。

「幼馴染ってのはやなもんだな」

弘之はかぶっていた帽子を深く前に引っ張った。

「まるわかりだもんね」

「小夜子はいつ帰って来るんだ？」

「明日の夕方だと思うよ」

「そか。土産買ってきてくれるかな？」

「弘之にはないでしょ」

「ちぇ」

「早く行きなさいよ。配達の途中でしょ」

「その前によう、もう春休みだぜ。時間あるだろ」

「ないわよ。手伝いやらなんやらでさ」

「なんだよ、春休みになったらって言ったじゃねえか」

「しょうがないでしょ。春休みでお客さんだって多くなってるんだから」

「じゃ、どこにも行かねえのかよ」

「しょうがないって言った。早く配達行きなさいよ。わたしも忙しいんだから」

「わかったよ。俺だってなにがなんでもおまえと出かけたいんじゃないぜ。ただよ、たまにはいいかなと思ったんだよ」

「わかったわかった。早く行きなって。ほかでも待ってるよ」

「そうなんだよ。人使いの荒い親だぜ。じゃあな」

慌ただしく外に出て行った弘之を見送り、届いた瓶ビールを冷蔵庫にしまった。仕事はほかにもたくさんあった。

東京にいる小夜子に思いを馳せる。

東京など修学旅行でしか知らなかった穂乃果は、実のところうらやましくてならなかった。

翌日、夕方には帰ると言っていたのに、客の夕飯時間になっても小夜子は帰ってこなかった。客用の膳を整える手伝いをしながら、小夜子を待つ。

個人経営の小さな旅館の夕飯は、決して豪勢とは言えない。春子が天ぷらを揚げ、穂乃果はその脇でサラダの準備をする。ほかには煮物と茶わん蒸し、おしんこが付く程度だ。出来上がった料理を大きめのお膳にのせ、客室まで和夫が運ぶ。朝も夜もこの旅館では部屋食にしていた。運ぶのは面倒だが、食堂にする広間がなかった。そのくらい小さな宿だった。

今日は三部屋しかうまっていない。一人客ばかりなので、さして時間もかからず、夕飯の支度は終了する。料理さえ運んでしまえば、仕事は一息つく。アルコールは基本的に持ち込みを黙認しているから、注文は最初のビールくらいで追加はほとんどない。

和夫が全部の部屋に食事を運び終えても、まだ小夜子は帰らない。

小夜子が戻るまで夕飯を食べずにいようと穂乃果は決めていたが、空腹感には勝てず、一人で簡単な夕飯を済ませてしまった。穂乃果が自分の部屋に行こうとすると、玄関のドアが開く音がした。

小夜子は大きな袋を二つ肩から下げて、悪びれた様子もなく、居間に現れた。疲れた素振りもなく、買ってきた袋を開き、穂乃果に披露した。ほとんどが自分のものだったが、中には家族に土産だと言って、原宿で買ってきたお菓子もあった。

「やっぱり東京はすごいわよう。人がたくさんいてね。夜は、朋美のお姉ちゃんが池袋《いけぶくろ》に連れて行ってくれたの。ほかに大学の友達っていう人が何人か来てて、すごく楽しかった」

頰を上気させて、小夜子は早口にまくしたてた。

「大学の友達って人と電話番号の交換もしちゃった」

とめどなく続きそうな東京話に辟易《へきえき》して、土産だと渡されたおしゃれな包みの菓子も持たずに、小夜子と二人で使う部屋に穂乃果は引っ込んだ。六畳しかない部屋には、二人分の机が並んでいて、狭く感じられた。

東京話は聞きたくなかったが、部屋に戻ってきてもここにはテレビもない。本棚から漫画本を取り出して、読むともなくページを繰った。

「お姉ちゃん」

しばらくして、小夜子が袋を手にさげてやってきた。

「お土産」

カラフルな包装紙に包まれた菓子の箱を、おずおずと差し出してきた。

「ありがとう」

本心だったが、どうせ東京土産ならもっと別なものがよかった。かといってそれが何なのか、よくわからないでいる。

「なんか違うのがよかった？」

まるで心の中を見透かされたかのような一言に、どきりとした。

「うれしいよ。東京土産だもん。疲れたでしょ。早く寝な」

つややかな髪を撫でてやる。

「うん、お風呂入ったら寝るよ」

荷物を床に置き、着替えを持って部屋を出て行った。

悪いとは思ったが、小夜子が自分のために買ってきた袋の中身を見てしまった。

スカートやブラウス、アクセサリーがたくさん入っていた。もちろん群馬の片田舎《かたいなか》にはどれもこれも売ってない品物ばかりだった。

お年玉やおこづかいを貯めて買ってきたのだから、全部小夜子のものなのだ。

そう思うとどうにもやるせない気持ちになっていた。


小夜子が東京から帰ってきた翌日から、家の電話がひっきりなしに鳴り始めた。

米田《よねだ》聡《さとし》という男から、小夜子に当てて。

二人はまだポケベルすら持たせてもらっていなかった。でなければ家にかけたりはしなかったはずだ。

相手は恐らく東京で知り合った大学生のうちの一人だと、容易に想像がついたが、小夜子にかかってくる電話には、誰もなにも言わず、黙ってつないでやった。もうじき高校生になる女の子ならば彼氏の一人くらいいてもおかしくはない年齢だったし、小夜子は見てくれもよかった。そのあたりが穂乃果とは違う。

そのくせやはり両親は心配でならなかったようだ。電話の相手が町の人間ではないと薄々感付いてもいた。本人には直接聞けないから、穂乃果にさりげなく聞くように言ってきた。

「米田聡ってのはどこに住んでる人なの？」

ある晩、穂乃果はできるだけ穏やかに尋ねた。

小夜子は照れて頭を掻いた。

「朋美のお姉ちゃんの友達。同じ大学に行ってるんだって」

恥ずかしそうに言う表情から、二人の関係が見え隠れしている。

「そう。小夜子はその人と付き合ってるの？」

その一言には驚いたのか、胸に両手を押し付け、それからやたら大きく首を左右に振った。

「まさか。そんなんじゃないわよ。向こうが勝手に毎日電話をかけてくるだけなの。本当よ。わたしは、ちょっと迷惑してるんだけど」

視線をあちこちに走らせている。照れているからか、それとも本音なのか判断がつかなかった。

「まあ、どうでもいいけど。お父さんたちが心配してたよ」

「えー」

畳に両手をついて、顔を突き出した。

「変な関係はないって言っておいて」

真剣な表情だった。

穂乃果は迷ったが、嘘をついているとも言い切れない。

「わかった。大丈夫よ、みんな心配してるだけ。町の人じゃないから」

「そ、か」

ほっと胸を撫でている。

「気を付けるよ。それでなくても狭い町だもんね」

「電話だけなら大丈夫でしょう」

「でもね、今度ここに来たいって言ってるの。朋美がぺらぺらしゃべってさ。旅館の名前まで言っちゃったのよ。ほら、ここ、温泉が有名でしょう。だから観光もかねて、温泉にも入りたいって。うちの旅館の温泉じゃなくて、公共の日帰りでいいからって」

上目づかいで見られて、穂乃果は顎《あご》に指を置いた。

「うちには来ないのね？」

「うん、来ないよ」

毅然とした態度に、なぜかほっとした。

「そう。そういうつもりならいいのよ。なんのかんの言ってもまだこれから高校一年生になる年でしょう。お父さんたちも心配してるのよ」

無理に明るく言った。これが穂乃果だったら、両親は心配などしないと思ったからだ。かわいい小夜子だから心配でたまらないのだ。

「気を付ける」

真顔になって言い切った。

「それならいいのよ。じゃ、寝よっか」

「うん」

いそいそと二人で布団を敷き、その中にもぐり込んだ。

翌日、春子に頼まれて酒屋に使いに出ると、店には弘之がいた。店番を頼まれているらしかった。

「なんだよ、珍しいな」

店の中に入ってきた穂乃果を見ると、レジの中から出てきた。ほかに客はいない。チェックアウトの時間もだいぶ過ぎていたし、駅まで行くバスも出たばかりなので、客がひける時間だったのだろう。

「お酒の注文に来たのよ」

預かってきた用紙を渡す。必要なアルコール類が書き込まれていた。

「なんだよ、電話で済むじゃねえか」

ざっとメモに視線を走らせてから、顔をあげた。

「お母さんが行けって言うから。こうでもしないと外に出ないからじゃないかなあ。わたしも一日中旅館にいると息がつまりそうになる」

「ま、気持ちはわかるぜ。俺も手伝いは昼までって約束してんだ」

ずらりと並んだ酒瓶をアピールするように、両手を広げている。

「小夜子はどうしてる？」

「ああ、小夜子ねえ」

穂乃果が渋い顔つきをしたのには、もちろん理由がある。電話をかけてきた米田聡とは、なんの関係もないと言いながら、今日も朝から電話がかかってきて長話をしていたのだ。しかもうれしそうに。その姿を見ているのがいやで外に出てきたのもある。

「男から電話がかかってくるの？　小夜子に？」

弘之はひゅう、と口笛を吹いた。

「さっすがあ。やっぱかわいいもんな。わかるよ、わかる」

「だからさ、ちょっと心配してんのよ、うちじゃあさ。しかもお父さんもお母さんも本人には言えないのよ、直接」

「そりゃよう、穂乃果のほうを信頼してるんだろう？　長女だしさ。そんなに心配しなくってても大丈夫だよ。まだ中学生だろう？　もうじき高校生だけど。まだ半分子供なんだから」

「子供だから心配してんの」

「まあ、さ、大丈夫だって。コーラでも飲むか？　売るほどあるんだよ」

店の冷蔵庫の扉をどんと叩く。中には、瓶のコーラが何本も冷えている。

「売り物だから遠慮しておくわ。それよりもお酒お願いね」

「夕方までには届けるよ」

川沿いを歩いて家に帰ると、小夜子がまだ家の電話の前に座っていた。受話器を握りしめて、楽しそうに笑っている。

心配するなと言われても、これでは無理だった。


懸念は現実になった。週末になり、米田は車に乗ってやってきた。旅館の前に車をつけたので、玄関の前を箒《ほうき》で掃いていた穂乃果に、米田の顔がちらりと見えた。

「出かけてくる」

小夜子が家を飛び出してきた。

「待ってよ、どこに行くの？」

小夜子は足を止めて振り返る。

「お姉ちゃんには関係ないの。友達が迎えに来てくれたから」

「友達って誰よ」

「東京で知り合った人。わざわざ車で来てくれたんだ」

「駄目よ、そんなの」

「なにが駄目なのよ。ふーん、お姉ちゃん、僻んでるんだ。東京の人に知り合いもいないし、彼氏もいないから」

「そんなんじゃないよ」

穂乃果は反論したが、当たらずとも遠からずで、少し悔しかった。

「大丈夫。お姉ちゃんが心配しなくても平気よ。変な人じゃないから」

「小夜子、待ちなさい」

引き止めても無駄だった。小夜子はあっという間に、待っていた車に乗り込んでしまった。

穂乃果は親指を噛《か》む。

無邪気な二つ下の妹が、うらやましくてならない。

箒を置いて、旅館の洗面所に行き、鏡を覗き込む。

額にも頬にもニキビがある。

「この顔じゃね」

小夜子の肌にはニキビがない。つるんとしているし、白くて弾力がありそうだ。

二本の指で、ニキビを摘《つま》むと、中から脂が吐き出された。じわっと血が滲む。

「やだやだ」

鏡の前でぽつんと穂乃果はつぶやき、途中だった掃除をするつもりで外に出ていこうとすると、ちょうど宿泊予定の客が着いて、春子が受付をしていた。

「ああ、よかった。穂乃果、お客さんを案内して。２０１号室まで」

「はーい」

受付の前にいた客は、中年の男性だった。リュックを背負っているから、荷物を運んでやる必要はない。鍵を受け取り、部屋まで案内する。初めて泊まるのだと告げた客に、風呂の場所を説明してやった。

「この旅館の娘さん？」

部屋を出ていこうとするとそう言って呼び止められた。

「そうです」

「えらいね、お手伝い」

「いえ」

褒《ほ》められて悪い気はしない。

ぺこりと頭をさげて、その場から立ち去った。

見てくれは悪くても、中身を見てくれる人がいるのはうれしかった。

小夜子とは違う良さが、自分にはある。

そう思うと少し救われる。

受付に行くと、春子が電話の応対をしていた。受話器を肩で押さえながら、春子は旅館の台所を指で示している。うなずいて移動すると、シンクの中に汚れた食器が溢《あふ》れている。片付けている時間がなかったのだ。

袖《そで》をまくり、スポンジに洗剤をつけて洗い始める。

汚れた食器を眺めながら、旅館の仕事など気にもかけない小夜子はずるいと感じた。

翌日も小夜子は朝早く出かけて行った。その次の日も、その次の日も。

米田はうちではない、別の旅館に泊まっているのか毎日電話がかかってきて、小夜子はいそいそと出かけて行った。面倒になって穂乃果ももう止めなかった。なにを言っても馬の耳に念仏だ。無駄な努力を繰り返すほど、穂乃果は暇《ひま》ではない。

旅館の手伝いは途切れずにある。今日はフロントで受付をしてくれと指示され、予約客を待っていた。和夫は風呂場の掃除、春子は買い物に行っている。

一人で受付に座り、電話番を兼ねて予約客を待っていると、春子が大きな荷物をぶら下げて帰ってきた。

「悪いんだけど、車にもまだあるから取りに来て」

春子に頼まれて、二人で外に出ると、朋美の母親の靖子《やすこ》と鉢合わせた。

「こんにちは。この前は小夜子が迷惑かけたみたいで。東京は楽しかったみたい」

親し気に春子が頭をさげる。

「いいのよ。うちの朋美も行きたがったの。でも一人で行かせるのは不安だったから、ちょうどよかったわ。それよりも小夜子ちゃん、大丈夫?」

「は?」

「最近よく男の人の車に乗ってるのを見かけるのよ。うちのお姉ちゃんの友達だって、朋美は言うけどね。まだ中学を卒業したばかりでしょう。町の人たちもねえ」

下から視線を投げられる。

いいうわさになっている。

春子と顔を見合わせた。

「まあ、小夜子ちゃんはうちの朋美と違ってしっかりしてるから。そんなに心配はいらないと思うけどね。みんな見てるから」

「ええ、そうですね」

軽く春子が頭をさげると、靖子も手を振ってその場から去っていった。

「あんた、なんか聞いてる？」

二人きりになるとそう尋ねられた。

「そんなに詳しくは聞いていないけど」

「もう一回、よく話を聞かなきゃだわね。旅館にかかりきりで、わたしたちもほったらかしにしてるから。今日、小夜子が帰ってきたら、呼んでくれる？」

「うん」

そのあとは黙って車の荷物を運び込む。客のものもあるが、家族の食材もあった。

大きなスーパーはこの町にはない。週に何度か春子が車で買い出しをする。

春子はなにも言わずに荷物を旅館に運び込んだが、横顔が怒っていた。

無理もなかった。

町のうわさになり、旅館のイメージが悪くなっては困るのだ。この旅館を継ぐ予定でいる、穂乃果にとってもいい迷惑だ。

その日、夕方になって小夜子は帰ってきた。すぐに春子を呼びに行ったが、折り悪《あし》く客の夕飯の時間と重なった。すぐに行くからと春子は言ったが、結局両親が居間に戻ってきたときは、七時になっていた。

小夜子と二人でテレビの前にいたが、和夫にいきなり電源を切られた。

「なんで切るのよう」

バラエティー番組を見てげらげらと笑っていた小夜子は、頬を膨らませて怒り出した。

「小夜子、おまえ、誰と出かけてるんだ」

遠回しな言い方はせず、単刀直入に和夫が切り出した。

「誰って、朋美のお姉ちゃんの友達」

「名前は？　なにしてる人だ？」

「米田聡さん。東京の大学に通ってる」

「東京のどこに住んでる？　親はなにしてんだ。年はいくつだ？」

立て続けの質問に、小夜子は露骨に嫌な顔をして見せた。

「名前は知ってるけど。あとは大学二年生で、実家はどっかの地方くらいしか知らない。親は金持ちらしいよ。だからバイトもしないで東京で一人暮らししてるんだって」

あんぐりと口を開けたのは、春子だけではなかった。和夫もだし、穂乃果も少しばかり驚いた。

ろくに知りもしない人の車に乗ったりしていたのかと怖くなった。

「小夜子、いくらなんでもそれはないでしょう」

春子は呆れ果てた口調で言った。

「よく知らない男の車になんか乗るんじゃない。いいな」

怒って和夫は声を荒らげた。

「お姉ちゃんが告げ口したの？」

むくれた顔を小夜子は向けた。

「そうじゃないよ」

慌てて手を振る。

「悪いことはしてないからっ！」

勢いをつけて立ち上がった小夜子は、どすどす足音を立ててその場から立ち去った。

「穂乃果、もう電話がかかってきても、取り次ぐな、いいな」

和夫は両目を釣り上げて言ったが、穂乃果が毎回電話を取るのは不可能に近い。

「おまえもいいな」

後ろにいた春子にも強く言っている。

「もちろん、そのつもり」

春子も大きくうなずいた。

電話が鳴ったらすぐに取らなければ、と怒った和夫を見ながら穂乃果は決めたが、どこまでできるのかは正直自信がなかった。

二人は片づけをするために、また旅館へ降りていき、穂乃果は部屋に行った。小夜子は椅子に座っていた。

「あんまり言わないでよ」

そう吐き捨てた小夜子の背中が怒っている。

「別に、なんにも言ってないよ。心配してるのよ。それだけ」

「わたしもう子供じゃないから」

充分子供だよ、という一言は呑み込んだ。なにを言っても無駄に終わりそうだった。

電話を取り次がなければいいだけだ。

「テレビ、見る？」

「もういいよっ」

小夜子はこちらを振り向きもしなかった。ただ怒りだけはしっかりと穂乃果に伝わってきた。


時期が春休みだったのも、災いした。親の忠告など聞くもんかと意地になっているのか、小夜子の外出は止まらなかった。

小夜子が出かけてすぐに、弘之の母親がやってきた。珍しく酒を届けにきたのだった。

「おばさんが来たんですか」

フロントにいた穂乃果は身を乗り出した。

「ええ、そうなの。今日は遠くまで配達があってね、かわりにわたしが近所をね。お母さんいる？」

届けるだけなら穂乃果でも充分なのだが、なぜか春子を呼んできてくれと頼まれて、穂乃果は台所に行った。

「弘之んちのお母さんが来てるよ」

シンクに覆いかぶさっていた春子は、慌てて手を拭き、玄関に行った。

穂乃果もフロントに戻る。

「わざわざ奥さんがすみません」

などと春子は頭をさげている。

「いいのよ。わたしもたまにはしないとね。ところでね、小夜子ちゃんいる？」

穂乃果の耳が立った。

「は？　小夜子？　出かけてますけど」

「そう。いえね、最近、よく男の人の車に乗ってるみたいだから。女の子だしね。ほら、うち、いろんなとこに出入りするから、なんとなく耳に入ってね」

ひどく言いにくそうに、春子をちらちらと見上げている。

穂乃果と春子は顔を見合わせた。

弘之の母親は、酒を届けにきたのではなく、忠告をしにきたのだった。それだけうわさが広がっているという意味だった。

「いえ、あれは、親戚の人でね。ええ、そうなの」

取り繕《つくろ》った春子の言葉は嘘のにおいが漂っていたが、弘之の母親は一応納得した様子を見せ、帰っていった。

「もう一回言わなきゃ駄目ね」

二人きりになると、春子はそっとつぶやいた。

その晩、春子は二度目の注意をした。

「もうじき高校生になるんだし、あんまり目立つ行動はやめなさい、いいね」

夕飯のあと、春子は眉間にしわを寄せて、言い聞かせた。隣で和夫は渋い顔つきをして、両腕を組んでいる。

小夜子は爪をはじきながら、黙って小言を聞いた。

「わかったね。高校に入学すると言ってもあんたはまだ子供なんだから。町の人も見てるしね」

普段あっさりとしている春子には珍しいほど、くどくどと説教を繰り返した。旅館だけではなく、大事な娘に変な傷がついては困るとも考えているのかもしれない。

「わかったわよ、もうっ！」

やがて小夜子は頬をぷくっと膨らませた。

「わたしだって好きで車に乗ったりしてるんじゃないのよう。向こうが勝手に東京から来て会いたいってしつこいんだもん」

「だったら、お母さんがちゃんと断ってあげるよ」

子供じゃないのにと、小夜子は余計に腹を立てたようだった。これでは逆効果だとその場にいた穂乃果が感じたほどだった。

「もう、わかったわよ。会わないわよっ！　車にも乗らないっ！」

勢いをつけて立ち上がり、小夜子はその場からいなくなった。まっすぐに自分の部屋に行ったらしく、ふすまを閉める音が聞こえてきた。

「放っておけ」

むっつりとして和夫は吐き捨てたが、春子も穂乃果もこのままでいいとは思っていなかった。

「もう寝る」

怒った和夫がいなくなると二人きりになった。

「どうしようねえ」

心底困っているらしく、春子は口元を手で覆った。

「まあ、もう少し様子を見たら？　高校に入学すれば環境もかわるし、お友達も増えるしね」

穂乃果はそう言って春子の肉付きのいい背中を撫でた。

慰めになっているのかいないのか、微妙な行動だったが、それ以上になんと言っていいのか、穂乃果自身も混乱していた。

そのときの小夜子の言葉に嘘はなかった。しばらくの間は電話が来ても、居留守を使っていたし、会いに行ったりもしなかった。かわりに町の人間でもなく、観光客でもなさそうな男が家のまわりをうろついたりしていた。それが米田かもしれないと家族はみんな感じていたが、誰も相手にしなかった。

気がつけば春休みが終わり、小夜子は高校に進学した。

同じ高校に二人で一緒に通学するようにはなったが、家のために部活に入らなかった穂乃果とは違い、高崎から通っている友達に誘われたからと、小夜子は野球部に入部した。マネージャーという雑用係を気に入った様子で、連日遅くまで部活に没頭した。土日も部活という日が続き、穂乃果自身もほっとした。

「穂乃果の言う通りだったねえ」

日曜日、客の朝食の支度をしながら、春子はぽつりと言った。春子の手によって温泉卵がいくつも器用に割られる。

「環境が変わるっていいもんだよ」

うんうん、と一人納得している。

「そんなもんよ。高校と中学ってだいぶ違うもん」

「うん。野球部に入ったのもよかったねえ。野球部は遅くまで練習してるからちょっと心配だったけど、今の小夜子にはいい方向にいったねえ」

「そうよ、よかったわよ」

ポテトサラダを小鉢に盛りながら、穂乃果はすまして言う。用意が整ったお膳を春子は一部屋ずつ運んでいく。

朝食の支度を終えるとひと仕事終わり、穂乃果は解放される。とは言っても、登校前に家の掃除や洗濯がある。家事を任せるとは言われていないが、やらないと春子ががっかりするので自然に穂乃果の仕事になっていた。同時に、旅館を継ぐ者の役目でもあると考えていた。部活や友達との付き合いに夢中になっている小夜子とは、旅館に対する思い入れが違っていた。

小夜子は明るく元気で、野球部のマネージャーをしているせいかどんどん日に焼けて健康的になっていった。そんな姿は、穂乃果にも眩《まぶ》しく感じられた。うらやましいくらいに。

金曜日の午後、帰宅のためにグラウンドの脇を歩いていると、小夜子がジャージ姿で近付いてきた。後ろにショートカットの女の子もいた。

「お姉ちゃん、もう帰るの？」

小夜子のジャージは土埃がついて白くなっていた。

「うん。お母さんたちが待ってるから」

「そか。わたし、今日、部会もあるから遅くなりそうだから」

「わかった」

「あ、それとね、彼女が高崎の友達、林田由里《はやしだゆり》ちゃん」

さりげなく紹介された由里は、ぺこんと頭をさげた。

「彼女に誘われて野球部にしたの。由里は変わってるのよう。高崎にも高校はたくさんあるのに、わざわざ東京方面じゃなくて、くだってきてるんだから」

さもおかしそうに小夜子は笑った。

「いなかのほうが落ち着くもん」

由里はよく日に焼けていた。その頰が緩む。

「なんだってさ」

「人はいろいろよ。じゃ、お姉ちゃん、急ぐから」

手を振ってその場を離れ、時刻どおりにやってきたバスに乗り込んだ。

今日は弘之もおらず、穂乃果は一人で、家の近くにあるバス停に降り立った。

バスから降りて、家に急ぐはずだった足を穂乃果は、ぴたりと止めた。

旅館のまわりをうろついている男がいた。やはり米田聡だったのだと、穂乃果は瞬間的に感じた。車に乗った横顔を見ていたから、ぼんやりと覚えている。

待っていたのか、バスから降りてきた穂乃果をじっと見つめている。絡みつくような視線に、肌が粟立った。すぐに目の前を通り過ぎていこうとしたが、米田が立ちふさがった。

「小夜子ちゃんのお姉さんでしょ？」

姉がいると、小夜子が話していても不思議はない。

「そうですけど」

冷静を装って答えた。本当は心臓がばくばくと脈打っていた。怖かった。まだなにかするつもりでいるのか、小夜子に相手にされないかわりに自分のところにやってきたのか、疑問がぐるぐると頭の中を回っていた。なにか危害を加える気でいるのかと思えば、甘い顔はできない。

強気で凝視する。

米田は困ったように頭を掻いた。

「そんなにおっかない顔しないでよ。二人とも姉妹だからやっぱりよく似てるね」

「家の前をうろつけば、誰だって気味悪く感じるし、怖くもなるでしょう」

早口にまくしたてる。足ががくがくしている。油断すると、声まで震えてしまいそうだった。

「うろついたのは謝るよ。でもさ、小夜子ちゃんだって悪いんだぜ。気のあるふりをしてみたりしてさ」

「悪いのはあなただわ」

そう言い返しながら、ありえそうだとも思った。

「確かに小夜子ちゃんは、まだ中学生だったしさ、車に乗せたりするのはよくなかったよな」

うんうん、と米田は一人で納得している。

「反省してるんだよ。お姉さんから小夜子ちゃんにそう言ってくれない？」

「言いたきゃ、自分で言えば？　わたし、急ぐから」

慌ただしく前を過ぎようとした腕を摑まれ、驚いて振り返った。

「なにするの？」

「いやさ、小夜子ちゃんにもう一度会ってほしいって伝えてくれないかな？」

「だから自分で言えばいいじゃない」

「どうやって言うの？　電話にも出てくれない。携帯だって持ってないのに」

「自業自得でしょ。わたしは急ぐんです。手を離して」

振りほどこうとした。だがしっかりと摑まれてしまっていた。

「じゃあ、一度電話をくれるように話してよ、ね。それならいいでしょ」

顔を近付けられた。間近にやってきた米田の顔は、男にしてはきれいだった。鼻筋もすっきりと通っていたし、芸能人みたいだなと思った。やはり東京の人間だとも。

考えを振り払い、顔を背ける。

「わかりました。伝えておきますから」

腕が軽くなった。同時にそこから駆け出した。

五十メートルと離れていない家の中に飛び込んだときには、息が上がっていた。心臓もさっきとは別の意味で激しく打っていた。

あんなに近くで男の顔を見たのは初めてだった。幼馴染の弘之とだってあれほど距離が縮まった経験はない。米田の顔が目の前にちらついた。追い払うように首を振る。なのにどこにも行かなかった。むしろますます迫ってくる気がした。

その夜、土埃まみれになって帰宅した小夜子に、なにも伝えなかった。米田と会ったのも、伝言の内容も。

「マネージャーも楽じゃないよう」

小夜子は楽しそうに笑っていた。

そうだ。妹はいつだって楽しそうで、幸せそうだった。いつもどんなときも。

「穂乃果、お台所、片付けておいて」

そう頼んできた春子に反発もせず、黙って夕飯の後片付けをする。小夜子はテレビを見ている。大きな声で笑っている。

蛇口から流れる水を、じっと見つめる。

翌日、米田は性懲りもなく、また家の近くのバス停で穂乃果を待っていた。伝言をきちんと言わなかったせいもあり、何となく気後《きおく》れし、米田の視線から逃げるように足元をじっと見た。ただこれでよかったのだという のが、本音だった。米田の言葉を告げても、小夜子は会わないだろう。それどころではなくなっていた。高校生活が充実しているから。

それは端から見ている穂乃果にもしっかりと伝わってきた。

「小夜子には、言いませんでしたから」

顔をそむけたまま、抑揚のない声で言った。感情を隠したかった。

米田の顔を確認もしなかった。ただ「そう」と落胆した声だけが聞こえてきた。それで本当に終わったと思った。

「手伝いがあるんで」

山のほうから吹いてくる風に、花の匂いが漂っている。季節が変わっていこうとしている。小夜子が変わっていくように。

2

二〇一九年の正月の国道はすいていた。帰省する人たちは、年末に移動を済ませ、今頃はもうそれぞれの家でくつろぎ、朝からお屠蘇《とそ》でも飲みながら、さして面白《おもしろ》くもない正月番組を見ているんだろう。

穂乃果の家族には、毎年元日に夫の祐一の実家に帰るという習慣があった。

窓の向こうに流れる景色を眺めて、後部シートに座った穂乃果はため息をつく。

「ねえ」

頬を膨らませて、運転席を後ろから掴む。

「わたし、やっぱり行きたくない」

祐一にとっては自分の家だから、居心地は悪くないだろうが、穂乃果は他人だ。しかも姑《しゅうとめ》や小姑がいる家だ。正月用の料理や酒を用意されて、飲んで食べてと言われても、のどにはなかなか通らない。義母はやさしい人だからなにも言わない。むしろ嫁である穂乃果に気を使ってくれる。だが小姑は勝気で、ずけずけとものを言う。

人のうちで遠慮もなしに飲み食いをしたと、あとになってから文句を言われたりもした。

「どっか途中の駅でおろしてよ。そこから電車で帰るからさあ」

運転している祐一の顔を、後ろから覗き込む。祐一は不機嫌に唇を結んでいる。助手席にいる息子の颯馬は、知らん顔をしている。祐一の実家でお年玉をもらうまでは黙っているつもりでいるのだ。アルバイトに精を出し、ほとんど大学にも行っていないのに、お年玉だけはちょうだいしようなど図々しく感じるが、当の本人はどこ吹く風だ。

「ねえってば」

穂乃果はシートをぐらぐらと揺らす真似《まね》をする。

「うるさいな。だいたいそんなに言うなら最初からついてこなきゃよかったんだ。それを決まりだからとか、これでも嫁として気を使ってるとか、できもしない嫁の役目をしようとするからこうなるんだよ」

「そうは言っても、お義姉《ねえ》さんと反りが合わないんだもん。会うたびに言い争いになってさあ。あなただって知ってるくせに」

ふてくされてシートに背中を押し付ける。

義姉の公子《きみこ》は、実家に入らなかったのを今でも快く思っていない。恐らくそれが理由で、すべての発端だ。

長男のくせに務めを放棄した、と罵《ののし》られたと祐一が過去に言っていた。同居しなかったのは、祐一の仕事の都合だったが、公子は裏で穂乃果があやつっていたと信じている。出来婚をしたのも公子は気に食わないようだ。

大切な弟をたぶらかした女——そう思われていると感じるときがある。

今時古風すぎる考えだが、自分の弟となるとまた話は別になるらしい。

嫌われているだろう相手に寄り添う気持ちなどあるはずもなく、年に一度実家に顔を出すのも渋ってしまう関係になり果てている。

間に挟まれた形となった義理の母のとよは、娘の味方になった。別世帯とはいえ、一緒に暮らしているのだから当然だった。とよを恨むつもりはない。公子と違い、余計な口出しをしない穏やかなやさしい姑だった。

公子とは不思議なほど、性格もものの考え方もあわず、なにかあるとすぐに口論になった。原因も実に些細だ。あるときは、颯馬の箸の持ち方が悪い、それは穂乃果のしつけがなってないからだと責め立てられ、言い返したら止まらなくなった。

ほかにもいろいろある。穂乃果の服の着方がだらしないと言われたりもしたし、しゃべり方がおかしい、育てられた環境がよくなかったんじゃないかと胡散臭《うさんくさ》げに見られたりもした。

去年の正月など、気を使って買ってきたケーキに対して文句を言った。そこは安いだけが取り柄のまずいケーキ屋で、財布の中身をけちったからと言ったのだった。

いい言い方をすれば正直な人なのだろうが、穂乃果はそうは受け取れずにいる。

重箱の隅をつつくように、穂乃果のあら探しをしているとしか思えないとなれば、黙ってはいられない。

「ねえ、ちょっと」

「おまえが一言多いからだよ。なんか言われても、はいはいって頭さげて聞き流してりゃいいんだ。もう着くし。二時間かそこらなんだからちゃんとやってくれよ。年に一度だけじゃないか。辛抱してくれよ」

「あなたなんか、うちの実家にここ数年行ってないじゃない」

「遠慮してるんだよ。旅館経営してりゃ忙しいだろ。休みだってないしさ。行けば気を使わせるだけじゃないか。それよりももう着くからね」

そう言われて窓の外を見れば、見慣れたコンビニを通り過ぎていた。ここからは、歩いて実家まで行ける。

「あーあ」

悪いのははっきりと断らなかった自分自身だったが、認めたくなかった。

フロントガラスの向こう側に、もう実家が見え始めて、穂乃果は腹をくくる。なにも泊まるわけじゃない。ほんの少しの辛抱だ。

自分の実家だって、去年の十月、父の和夫が倒れたときに帰ったきりだ。人工呼吸器をつけて寝たきりになった和夫は、転院先で胃に穴を開けて、胃ろうをつくり、流動食を開始したと、春子が言っていた。

春子から「たまには帰って見舞いに来てほしい」と懇願されたりもするが、一度も行っていない。行きたいのはやまやまだ。和夫を心配しているのではなく、小夜子の困った様子をこの目で見ておきたかった。だが群馬までの距離は近いようで遠い。自分の生活もあるし、週に三日、スーパーでのパートとはいえ、仕事がある。結局、足が一度も向かずに、小夜子に介護を押し付けることに成功した。

旅館の仕事と介護に追われ、困り果てた小夜子の姿を想像するだけで、胸がすっとしてくる。だがそれも車が実家の駐車場に停まるまでだった。

気乗りがせずに、祐一の後ろから入って行き、目を見張った。去年とは家の中がまるで違っている。廊下はゴミで溢れていた。袋に入ったのもあれば、段ボールに入れられたのもある。去年来たときは、古い家ではあったが、ちゃんと掃除され、ゴミが廊下に出ていたりはしなかった。今は廊下というよりも獣道に近い。奥から祐一の母のとよが、にこにこと微笑《ほほえ》みながら出迎えてくれた。

「あけましておめでとう。いらっしゃい。待ってたのよ」

とよにはゴミが見えていないのか、それとも荷物だと思っているのか。

嫁の立場である穂乃果には聞けない。ただ驚いて眺めていた。

あちらこちらに視線を走らせて、もう見るべき場所もなくなると、今度は天井《てんじょう》に顔を向けた。

祐一の実家は、二世帯住宅だった。もともと家族四人が住んでいた家で、十五年ほど前に祐一の仕事関係の人に頼んでリフォームしてもらっていた。おかげで理想どおりの家になり、料金も安く済んだといつだったか公子が喜んでいた。

義父は五年前に他界しているので、一階にとよが一人で住み、二階に義姉夫婦が住んでいる。公子夫婦に子供はおらず、夫婦二人暮らしだった。

二世帯がどういうルールで生活しているのかは聞かされていなかったが、風呂は一つ、台所は二つとなっている。

その家で長い間、とよは専業主婦をしていた。高校を卒業と同時に、亡くなった夫と知り合い、結婚したという。ちゃんと勤めたのはほんの一年たらずで、結婚してすぐに妊娠したのもあり、以来パートとして働いた経験もなく、二人の子供を育てあげた。言ってみれば専業主婦のエキスパートであるとよの家がゴミ屋敷なら、薬剤師としてフルタイムで働く公子の家はどうなっているのか。想像するのも恐ろしかった。

「母さん、大掃除しなかったの？」

さすがに祐一も呆れたらしい。腰に両手を当てて、大きく息を吐き出している。太ってぜい肉のついた背中がぽよよんと揺れる。

「なんかね、いろいろ忙しくて。こう見えても母さん、付き合いが多いのよ」

とよは胸を張って答えた。

ゴミも捨てられないほどの人付き合いとは、一体どんな関係なのか。想像もつかない。

「そんなおかしな顔しないで、穂乃果さん」

にこやかに肩を叩かれた。

「わたしね、一年くらい前からフラダンス始めたのよ。それでお仲間もお友達も増えてね。レッスンもそうだけど、発表会もあって。それですごく忙しくなっちゃったの。それだけなのよ」

ころころとのどの奥を転がして、とよは笑う。

「そうなんですか？　それは楽しそうですね」

「楽しいわよう。この年になるとなかなか新しい出会いもないけれど、それがたくさんあるの」

心底楽しそうに言うので、なんとなくほっとする。

「それなら掃除しに来たのに。姉さんだってさ、働いてるけど、上にいるんだから手伝ってもらえばいいんだよ」

とよの腰のあたりを、祐一は撫でた。

「そりゃそうだけどさ、みんな忙しいでしょう？　だからさ」

恥ずかしそうに、首をすくめている。

「遠慮すんなよ。うちの穂乃果なんかさ、仕事らしいもんはしてないんだから、いつでも呼んでくれれば来たよ、なあ」

勝手な言い分だった。

スーパーのレジ打ちは、立派な仕事だ。それにここは祐一の家で、上には公子が住んでいる。本来、手伝わなければならないのは、公子だ。

「いいのよ。穂乃果さんだって忙しいのよ。それになんと言ってもわたしは専業主婦を長くやってきたんですからね。家事には自信があるのよ。料理だって得意だし」

「それは知ってるけど」

納得できないのか、祐一は不服そうに唇を尖らせた。

とよが料理上手なのはよく知っている。料理だけじゃない。掃除だって完璧だった。これまでこんなに汚れていたのは記憶にない。いつだって家の中は磨かれていた。いつ来ても主婦の腕前を見せられ、口にはしなかったが感嘆の声を心の中であげていた。人柄もよく、嫁いびりをされた経験もなかった。

「だからね、大丈夫なの」

とよはにこにこと笑っている。

「お部屋をちょっと見てきていいですか？」

とよの返事を待たず、穂乃果は一人奥に行き、リビングやとよの部屋を目にしてまた驚いた。こちらもゴミだらけで、足の踏み場もなかった。

言葉を失って玄関先に戻って祐一と視線を合わせる。穂乃果は静かに首を左右に振った。祐一は黙っている。

「まあ、いいじゃん。上に行こうよ。おばさんちは綺麗にしてあるんでしょ？」

場の空気をかえようとしたのか、颯馬は素早くとよの手を握って階段をあがっていった。

あまり交流がない穂乃果の実家と違って、なにかあるとこの家に来ていたから、颯馬はこの家でかわいがってもらっていたし、来ればおこづかいをくれるとよには懐《なつ》いている。でなければ、大学生にもなって祖母の手を握ったりはしない。これから手にするお年玉の金額も気になっているのがまるわかりだ。

下心があっても、やはり孫に手を取られるのはうれしいのだ。とよは頬を緩めて一緒に階段をあがっていった。

「いくらなんでも、だわね」

二人の姿が見えなくなると穂乃果はつぶやいた。

「いろいろ事情があるんだろうよ。俺たちも行こう。姉さんが待ってるよ」

そう促されてうなずいた。

二階に続く階段は、ちり一つ落ちていないばかりか、きちんと磨かれていた。


二階にあるリビングに行くと、テーブルの上にはおせちのお重や他の料理が用意してあった。大掃除もしてあるらしく、きちんと整理整頓されている。

唖然として、穂乃果はリビングの入り口に立っていた。

自分たちさえよければ、とよなどどうでもいいと言いたげな部屋の様子に、なんだか無性に腹がたつ。人の家で、それぞれに事情があるのだから黙っていたほうが無難なはずなのに、感情が先に動いていた。

「お義姉さん」

テーブルの脇で、颯馬にハグをしている義姉の公子に詰め寄った。となりには公子の夫の浩《こう》介《すけ》がいて、大学生になった颯馬の頭を小さな子供のように撫でている。

「なにかしら？」

颯馬から身を離した公子が、こちらを見ている。浩介の手も止まった。

「わたしなど他人ですから、あまり口を出すのもどうかなとは思うんですけど、やはりなんていうか、黙っているのはお義母《かあ》さんがあまりにもかわいそうかなと思うんです。だからその余計なお世話かもしれないんですけど」

目の前では、公子がむっとした表情をしている。

「もう少しお義母さんのお部屋の片付けもしたほうがいいんじゃないでしょうか？　あれではいくらなんでも」

二世帯住宅だし、公子はフルタイムで働いているとなれば、時間に余裕もないかもしれない。だが、なにごとにも限度がある。

「おい」と、祐一に脇腹をつつかれた。

「わたしは嫁だから、口出しはほどほどに、とは思っているんですけれど。お義母さん、いい人でしょう。きっとお義姉さんが忙しくしてるから手伝ってって、言えなかったんじゃないかと。そう思って」

「あなた、いやらしい人ね。おまけに旦那の実家に正月に来るっていうのに、ジーンズ？　せめてスカートくらい着て来てよ」

また重箱の隅だ、と思いながら、穂乃果は睨んだ。今は服などどうでもよかったし、ここに来るからといって着飾ってくる必要はないと思っていた。

「今は服よりも、家です。なんですか。あれは」

「けんか腰ね、まるで」

公子は両目を細くして、強いまなざしを向けてきた。

「でも、事実、お部屋はひどかったですし」

「おい、人の家だ。黙っていればいいんだよ」と祐一は言う。

「だって、あんまりだから。あなたはそうは思わないの？」

「いいじゃないか。家は姉さんにまかせてあるんだから」

「でもあなたの実家よ。本当ならあなたがちゃんと言わなきゃ駄目だと思う。それをわたしがかわりに言ってあげてるのよ。悪者になるのを覚悟して。わたしだって正月から言いたくないけど、でも限度があるから。だからちゃんと言わなきゃって、そう思って。わざと悪者になってあげているのよ。だっておかしいでしょう。お義姉さんのとこだけ片付けが終わってて、お正月の用意が整ってる。お義母さんがかわいそうだわ」

ちらりとよに視線をやれば、それまで笑顔を絶やさずにいたのに、困惑の色合いを浮かべて、ちらちらと公子を眺めている。

「ほら、お義母さんだって本当はきちんとしてほしいと思ってるのよ。でも言えないんだわ。かわいそうよ。わたしはね、お義母さんの気持ちを代弁しているのよ。お義姉さんとは考え方も違うと思うけど、今回は正解だと思うわ」

胸を張った。間違ってはいないという自信の現れだった。

「そんなにかわいそうなら、あなたの家に連れて帰ればいいんじゃない？」

公子に矛先を変えられ、動揺した。

「そうでしょう？　ケチをつけるんだったら、あなたの家で面倒を看てあげれば？　そうすれば自分の思った通りにできるわよ。ねえ、祐一。そもそもあなたが長男なんだから」

「それはまた話が違うでしょう」

返答ができない祐一のかわりに、穂乃果が答える。

「そうかしら？　わたしはそうは思わないわよ。ねえ、お母さん。祐一の家に行ってもいいわよねえ。ねえ、浩介だってそう思うでしょう」

自分の夫である浩介に話を振ったが、肝心のその人は困ったように頭を掻いている。

その後ろでとよはうつむいている。

「ねえ、いいわよね？」

かっと穂乃果の全身が熱くなった。

「なにを勝手ばかり言うんですか。ここはお義母さんの家じゃないですか。追い出すつもりなんですか？」

「違うわよ。わたしはどっちでもいいのよ。ここにいてもいいし、祐一の家に行きたいなら、それでもいいし。だから一応、お母さんの意見を聞いているの。ねえ、どうなの？　お母さん」

とよは、体を小さくすぼめていた。

「わたしは……」

そう言ったとよの声はかすれていた。

「わたしは、なんなの？」

公子がせっついている。早く答えろとばかりに。

「みんなに、任せる」

消え入りそうな声だった。

「なら、祐一の家でもいいのよね？」

とよは返事をしなかった。

「いいのよね？」

やはり答えない。

「お義姉さん、お義母さんはここにいたいんですよ、かわいそうじゃないですか。追い出すみたいに言ったりして」

「あなたが言い出したのよ」

「わたしは事実を述べたんですよ」

「あなたが口出しする必要はないでしょう。この家は放っておいてちょうだい。でなきゃ、あなたが引き取って」

「わたしはお義母さんがお気の毒に感じたんですよ」

「だから！」

言い争いが続く。穂乃果に引くつもりはない。

「もうやめてくれよ！」

言い合いの途中で、それまで黙っていた颯馬が口を挟んだ。

「母さん、やめてくれよ」

「でもね、お母さんはね」

「母さんのせいでみんな困ってるんだよ。毎回会うたびにけんかしてさ。俺、うんざりだよ。

もういいじゃないか、俺、お腹すいた」

　ぽん、と公子が手を叩き、颯馬に近付いていった。

「そうよね。颯馬のためにカニも買ったのよ、食べて食べて」

「そうだよ。話はそのくらいにしてさ」

　取り繕うように言った浩介は、苦い笑みを浮かべている。

　たった一人しかいない甥を、公子はどれだけ甘やかすつもりでいるのか。颯馬の手を引き、リビングの椅子に座らせた。

　まだまだ言い足りなかったが、正直とよを押し付けられても困る。マンションには、自分の部屋だってない。とよが家に来て困るのは、穂乃果自身だ。

　ここは黙っているのが一番かもといまさらながら口を閉じ、祐一のとなりにある椅子に座った。みんなが席に着き、宴会が始まる。

　宴会はなにもなかったかのように進み、公子の用意した料理を食べ、浩介が買ってきたという自慢の日本酒を飲んだ。

「そういえば穂乃果さん、あなたのお父さんのお具合はどう？」

　思い出したように、とよが口にした。他人の親の心配より、自分の身の上を案じたほうがいいと思うが、これ以上自分がなにか言われるのが嫌だったのかもしれない。

「かわりないですよ。よくも悪くも」

　そう答えてはみたが、見舞いに行っていないのでは、状態など知らないのも同然だった。知らなければ、無難にあたりさわりなく返事をするしかない。

「そう。早くよくなるといいわね。本当はわたしもお見舞いに行けるといいんだけれど、長距離を移動するのが最近は億劫《おっくう》で。おかげですっかりご無沙汰になってしまって」

気遣ってくれているのだろうが、なにも知らない穂乃果からすればありがた迷惑だった。それに親戚付き合いと言っても、結婚式以来会っていないのだから皆無に等しい。今になって家に顔を出されても、穂乃果は対応に困る。

「祐一、あんたはどうなの？　ちゃんと見舞いに行ってるの？」

とよは心配そうに、祐一を見た。

「いや、行ってないけど」

「あんたが行かないでどうするのよ。今度行きなさい。いいわね。お母さん、お見舞いを包むから」

「いいんですよ、お義母さん」

穂乃果が慌てて間に割り込む。

「うちのほうはお気遣いなさらないでください。本当に、場所も遠いですしね。いいんです」

見舞いをちょうだいするとなれば、お返しをしなければならない。返すとなれば手間暇がかかる。

「場所が遠いなんて、理由になりません。いいわね、祐一」

「今度な。向こうの都合とかもあるしな。今、仕事が忙しいし、なあ」

相槌《あいづち》を求められて、わざと仰々しくうなずいた。

「そうなんですよ、お義母さん。最近仕事で夜も遅くて、気の毒なくらいなんです」

それは事実だった。

夜遅くなって穂乃果に迷惑をかけるのは申し訳ないからと、去年の十月、ちょうど和夫が倒れたころ、祐一が寝室を別にしようと言い出したくらいだった。仕事は本当に忙しいらしく、零時をまわることもある。愛情はあまりないとはいえ、気の毒にすら感じる時間に帰宅する日がこのところ続いていた。

辛気臭い話題になったからか、場の雰囲気はよくなかった。

テーブルについて、一時間ほどで祐一は帰ろうと言い出し、お年玉をいただいた颯馬も立ち上がった。帰りの運転は、飲まなかった颯馬がする。

公子たち夫婦ととよと、玄関先で向かい合った。

「蒸し返すのもなんですけど、やっぱり
よくないですよ、と続けるつもりだった。

「いい加減にしろ。余計な口出しをするな。人んちの事情なんだから黙ってろ」

祐一に遮られ、頭を下げた。とよが前に出てきて、穂乃果の手を握る。

「ありがとう。気遣ってくれて。それだけで充分よ。あまり言うとあなたが悪者になってしまってよくないわ」

手を握り返す。

「お義母さん」

公子と違って、とよはやさしく、思いやりのある人なのだ。それだけにやはり家の状態が気にかかるし、ほったらかしにしている公子に腹が立つ。

祐一にせかされ、手を振って、家から出て行き、車に乗った。

颯馬の運転は決してうまくはない。そのせいかどうかは知らないが、車の中の雰囲気もいいとは言えなかった。


道がすいていたおかげで、順調に車は走り、夫の実家を出て一時間後にはマンションに帰り着いた。家に入るとすぐに、颯馬は自分の部屋に駆け込んでいった。祐一は冷蔵庫から、ミネラルウォーターのペットボトルを取り出し、のどを鳴らして飲んでいる。よほど勢いをつけたのか、唇の端から水が零《こぼ》れ、顎を濡らし、床に落ちた。

「やだわ、もっときれいに飲んでよ」

穂乃果は不愉快そうに、眉間にしわを寄せる。床が汚れて掃除をするのは穂乃果なのだ。

マンションも購入して十五年以上たち、それでなくてもあちこちガタがきている。本気できれいにしたいならリフォームするしか方法はないが、金銭的な余裕がなく、少しでも見栄えをよくしようと、時間があればあちこちの掃除をするのが日課だった。

主婦なら手がすけば、自然に掃除はする。だから、姑の家のゴミ屋敷には心底、驚いた。

「おまえさあ」

濡れた顎を、祐一は手の甲で拭った。

「なによ？」

「おまえって、わざとトラブルを起こしてんのか？」

生真面目《きまじめ》な表情で夫に尋ねられて、あっけにとられた。

「なに、それ？」

「一言多いからだよ。いい加減にしてほしい」

はあっと素っ頓狂な声をあげた。

「あれはお義姉さんが悪いんだし、わたしは間違ってないよ」

「間違ってなくても一言多い。自覚しろよ。お節介にも限度があるよ。いざこざはたくさんだ」

「あのね、わたしはね……」

「いいよ、もう」

くるりと背中を向け、祐一も自分の部屋に引っ込んだ。かつては夫婦で使用していた部屋を、今は祐一が一人で使っている。

部屋まで押しかける気はなく、リビングのテレビをつけ、なにも考えずに眺める。しばらく一人でテレビを見ていたが、内容もない番組に呆れ、こんな日は、早く寝るに限るとばかりに支度を始めた。

家庭内別居が始まってから、ソファが穂乃果のベッドだった。

かけ布団にくるまって、スマホを触る。暗闇の中に、ぼうっとスマホの明かりが浮き上がる。

蛍のようなはかない明かりを頼りにして、ラインを開けば、篤紀《あつのり》からメッセージが届いていた。

別々に寝るのは都合がよかった。パート先の店長の篤紀と、交際を始めて一年ほどになる。

向こうも配偶者がいるからW《ダブル》不倫だ。最初は上司と部下という関係だったが、職場の忘年会で、距離が一気に縮まった。一度恋愛が始まってしまうと、互いに家庭があっても、同じ店で働いていても、障害にはならなかった。

それぞれの家庭を壊すつもりもなく、ひと月に一度か二度、ホテルでの逢瀬を楽しんでいる。それだけでも恋をしている充実感はあった。不倫相手といるほうが楽しかったし、幸せだったから、迷わず祐一の提案を受け入れ、穂乃果が部屋を出て行った。

胸が浮き立つ心地よさは、夫である祐一との間にはもうすっかりなくなっていた。ラインを打つのも楽しくて仕方ない。篤紀のおかげで、家庭の愚痴を思い切り吐き出すことができるのも、友達が少ない穂乃果にはありがたかった。

実家はどうだったと、ラインで篤紀に尋ねられた。ありのままを書くと長くなってしまう。かわりに今度はいつ会えるのかと尋ねた。

すべては会って話をすればいい。ゴミで覆い尽くされたとよの部屋も、夫の祐一と公子の態度も。

祐一の実家に帰り、公子に会えば腹立たしくなるばかりだ。だから帰りたくなかった。こうなるとわかっていたから。

このままではうまく寝付けそうにもない。

じっとスマホを睨んでいると、返信が届いた。

――週が明けたら。詳しくはまた連絡する

すっと気持ちが楽になる。

篤紀に会える。週が明けたら。

夫として、祐一にはなんの魅力も感じていない。あの人はただ給料を持ってきて、この生活を維持させてくれるだけだ。男としての役目はとうに終わっているし、求めてもいない。

篤紀がいれば充分。

布団にくるまりながら、にんまりと穂乃果は笑っていた。

*

校庭では野球部がランニングをしていた。土埃を立てながら。

一九九六年の春に高校に入学した小夜子は、野球部のマネージャーになり、ストップウォッチを持って大きな声をあげている。

穂乃果は委員会があって、いつもの時間よりも遅くなったが、野球部の練習はまだまだ続く。

最後に米田聡が現れてから二週間が過ぎていた。カレンダーはもうじき四月も終わりになる。

一人でとぼとぼとグラウンドの脇を歩き、校門から離れたバス停に立っていると、前に白い車が停まった。

頬が強ばった。

目にした覚えのある車だった。思わずあとずさってしまう。運転席から人が降りてきた。

「やあ、穂乃果ちゃん、元気だった？」

薄い茶色のサングラスをした男は、米田だった。

あれきりなんの連絡もないのですっかりあきらめたのかと思っていたが、どうやらそうではないと知った。

「なんでこの高校に通ってるって知ってるんですか」

米田を睨みつける。

「おっかない顔しないでよ。高校はさ、小夜子ちゃんから聞いてたの。それだけだよ。お姉ちゃんと同じとこに通うって楽しそうに話してたんだよ」

「それで、まだ、なんの用ですか」

精一杯の虚勢を張る。本音では、今すぐ学校に引き返したかった。でもそうすれば、すぐに小夜子の姿を見付けられてしまう。小夜子は校庭にいる。

「用っていうかさ」

サングラスを外し、米田はポロシャツの胸のポケットに押し込んだ。

「バスを待ってるんでしょう。送っていってあげるよ」

どこかの物陰で穂乃果をジッと待っていたのだろうか。だからと言ってひょいひょい乗るわけにはいかない。

「あと十分もしたら来ますから」

つん、とすましてそっぽを向く。

「十分もこんなとこで待ってたら風邪ひくよ。このあたりまだ寒いじゃない。久しぶりに来てびっくりしたよ。東京じゃあ、もう誰もコートなんか着てないよ。すごくあったかいからね」

そう言われて、自分の制服姿がみすぼらしく思えた。

東京。

修学旅行でしか行っていないその場所は、あこがれの地でもあり、理想でもあった。

「原宿でおいしいお菓子を買ってきたんだ。有名な店のね。あげるよ。どんな店か話も聞かせてあげる」

それはすばらしく魅力的な提案に思えた。だが、と頭の中で首を振る。

車に乗ったりしているところを誰かに見られては困るのだ。

「それにさ、最近思うんだけど、小夜子ちゃんより、穂乃果ちゃんのほうがさ、しっかりして賢い感じがするんだよね。話しているとさ、そういうのよくわかるよ。ああ、やっぱり長女なんだなって思うよ。手足だって長くてさ、かわいい顔してるんだからもっと笑ったほうがいいよ」

甘い蜜が、なんの前触れもなしに目の前に垂らされた気持ちになった。

これまで小夜子を褒める人はたくさんいたが、穂乃果の容姿をよく言ってくれた人はいなかった。

ぐらぐらと、心が揺れた。

「このお菓子、この前テレビで紹介されたばかりなんだよ。見た？」

ますます心が揺れた。

「ちょっとだけなら。町の中を通らないなら」

口元に親指を当て、穂乃果はつぶやいた。

ひゅう、と米田は口笛を吹き、すぐさま助手席に穂乃果を押し込んだ。

車の中は柑橘《かんきつ》系の香りが漂っていた。

これまで車と言えば、家にある軽トラックしか乗った経験のない穂乃果にとって、別世界だった。たかだか車の中なのに、興奮している自分がいた。

となりにいる米田が、やたらと恰好《かっこう》いい人に映っていた。

車は山に走っていった。温泉町に向かったという意味だ。このまま行けば、人の目に入ってしまう。

「あのう」

それまで忘れていた恐怖感が、蘇《よみがえ》ってきた。

「あのう。わたし、やっぱりどこかのバス停で待ちます」

「うん、いいよ。そうしたいんだろうなあと思ってたから」

やけにすんなりとした素直な答えに、ぽかんと口を開けた。

車は山間の温泉町に向かって走り続けたかと思ったら、途中にあった湖の駐車場に停まった。

米田は一人先に車から離れた。こんな場所で降ろされても困るんだけどと悩み、いつまでも助手席に座り込んでいる穂乃果は手招きして呼ばれた。少し迷ったあとで降りていき、米田から距離をおいた場所から湖を眺めた。

バス通りに面している湖は、毎日のように眺めている。だがこうやって駐車場に降りて見るのは初めてだった。深い藍《あい》色に吸い込まれそうになる。普段ガラス窓を通して見ていたが、それがたった一枚ないだけでもこんなに色合いが違うのかと感心した。

「東京にもさ、一応湖ってあるんだけどさ、こんなにきれいじゃないんだよね」

湖を囲む柵に米田はつかまった。

「色合いとかさ、全然違うの。これだけでもここに来た甲斐があるよ。小夜子ちゃんは残念だけど」

「そんなに好きだったの？　東京にはもっとかわいい子がいると思うけど」

んー、と首を傾げ、考える素振りを見せている。

「見た目だけならいるけど、なんていうか違うんだよね、全然。穂乃果ちゃんだってそうだよ。君はいいお嫁さんになるよ。なにより正直で、妹思いで。いまさらって感じだけど、最初に穂乃果ちゃんに会いたかったよ」

そうして聡は細長い指で、穂乃果の髪をすいた。

「本当だよ」

細く白い指に絡まった髪は、自分のものとは思えなかった。奇妙にきれいで輝いて見えた。

「また会いに来てもいい？」

こくん、と首をたてに振っていた。魔法にかけられたみたいに、抵抗を忘れていた。なにも怖くないと思った。町の人たちも、自分をとりまくであろううわさも。

ただ胸が激しく高鳴っていた。

翌日も、バス停の近くで米田は待っていた。

「どこか行きたいとこある？」

運転席から顔を出して、米田が尋ねてきた。

「高崎」

本当に行きたいのではなかった。ただ頭の中に思い浮かんだだけだった。

「いいよ」

迷わず助手席に乗る。

「高崎のどこに行きたいの？」

言葉に詰まった。答えあぐねていると、米田に頭を撫でられた。

「いいよ。ご飯でも食べに行こう」

米田は高崎駅の近くにあるコインパーキングに車を停め、お好み焼きの店を選んだ。行列ができていたので、絶対おいしいはずだと米田が言い切ったのだ。

二十分ほど待たされて入った店の中で、制服姿の穂乃果は浮いていた。

恥ずかしくてうつむいていたが、米田が楽しそうに大学での出来事を話すので、つられて笑ってしまった。

なるほど、といまさらながら納得する。小夜子が毎日出かけていた理由を。

米田と過ごす時間は、楽しかった。話す内容も、高校の同級生とはレベルがまるで違った。

高校生活が色あせ、同級生との付き合いをばかばかしく感じてしまったほどだ。

「今度、東京に遊びに来ない？　渋谷《しぶや》とか新宿《しんじゅく》とか。案内してあげるよ」

「本当ですか？　わたし、修学旅行くらいでしか行ってないんです」

「いいよ。連れて行ってあげる」

「なら、都庁が見たい」

身を乗り出していた。すぐに全身が羞恥に火照る。

都庁など、いかにもおのぼりさんが行きたがる場所だ。だがほかに出てこなかった。

「いいよ」

米田は笑わなかった。

「連れて行ってあげるよ。次の土曜日に。東京は車移動は大変だから、新宿まで来れる？」

「大丈夫です」

「なら、新宿駅で待ち合わせだ。俺も久しぶりに行くよ、都庁」

笑った米田はほっぺたにソースがついている。

「ここ」

自分の頬を指で示す。

「なに？」

「ソースがついてますよ」

「本当？　どこ？　とって」

顔を突き出された。

間近に迫られて、胸がどきどきし始めた。

「とって」

再度言われて、指を伸ばす。

ひとさし指でソースをすくう。

「とれました」

「ありがとう」

そう言った笑顔が眩しかった。まともに顔を見れなくて、うつむいて、お好み焼きの続きを食べる。

「おいしいです」

「よかった。穂乃果ちゃんにそう言ってもらえると連れてきた甲斐があったよ。次は新宿だね」

「はい！」

子供みたいに大きな声で答えた。

その日は、温泉町の入り口まで送ってもらった。そこからだと温泉町の中心にある家まで歩いて十分近くかかってしまうが、仕方なかった。ここだって誰の目があるかわからない。

「じゃ、土曜日。新宿で。アルタならわかりやすいから、その前で、十時に」

運転席の窓から顔を出して、米田は手を振った。

「はい」

ぺこりと頭をさげて、穂乃果はそこから駆け出した。

川沿いにある道は街灯が少なく暗かった。夕飯の時間は過ぎているから、観光客も歩いていない。人通りのない道を走り抜け、家の前まで来た時には息が上がっていた。

旅館では春子が台所で洗い物をしていた。家では、学校から帰った小夜子が風呂に入っている。和夫は出かけたのか、どこにもいなかった。

部屋に飛び込んで、乱れた息を整える。

壁に掛けられているカレンダーを見る。

土曜日まであと三日もあった。

「あと三日」

カレンダーの前でささやいていると、風呂から上がった小夜子が、パジャマ姿でやってきた。

「遅かったね」

「うん」

それだけだった。

小夜子はなにも聞かなかった。少し、安心した。米田と二人で会ったのは、秘密にしておきたかった。

約束の土曜日は晴れていた。朝一番のバスで駅まで出て、電車に乗った。旅館には予約が入っていたが、知らん顔をして、両親に見つからないようにそっと家を抜け出した。

新宿に着くまで、穂乃果はやたら興奮していた。久しぶりの東京だし、なにより聡に会えるのがうれしくてならない。

アルタの前は人で溢れていたが、聡はすぐに見つけてくれた。聡に思い切り抱きしめられる。

「よく来たね」

聡の香りに包まれて、安心感が心の中に広がる。

「さあ、都庁だ」

手を取られた。二人で歩き、都庁を見学し、昼には中華料理をごちそうしてもらった。

見るものすべてが新鮮で輝いていた。

夕方になり、帰らなければならない時間になると、急速に気持ちが沈んでいった。別れたくない。

街の中を手をつないで歩きながら、穂乃果はそう思った自分の気持ちに激しく動揺した。聡はどう考えているのか、尋ねてみたくて横顔ばかり眺め続けた。

新宿駅が目前に来た時、穂乃果は足を止めた。自分の意思なのかどうなのか理解不能な感情に振り回され、戸惑っている。

「穂乃果ちゃん」

穂乃果に引きずられて立ち止まった聡に、顔を覗き込まれた。

唇を固く結ぶ。

聡はもともと小夜子を追いかけてきた。

聡が見ているのは自分ではない。

悲しみが溢れ、涙がこみ上げる。今にもこぼれてしまいそうになるのを、必死にこらえる。

「うちに来る？　ここからそう遠くないから」

目を見開いて、顔をあげた。そこに聡がいた。

「おいでよ」

「でも、小夜子が……」

頭を小夜子の姿がかすめる。愛嬌があって、容姿も整っている小夜子は、自慢の妹だった。

その妹を追いかけて、聡はやってきた。聡が見ているのは、小夜子であって自分ではない。

「小夜子ちゃんはここにはいないよ。おいでよ」

手を引っ張られて歩き始めた。

歩き始めると、気持ちが固まった。

聡の言う通り、ここに小夜子はいない。今は、自分が聡と一緒にいる。

「自信持って」

心の中を見透かされたような一言に、より気持ちが固まる。

「少なくとも今、俺は穂乃果ちゃんのほうが好きだよ」

かあっと体中が熱くなる。

過去、誰かにそんなふうに言われた経験が一度もなかった。

これが、恋なのか。

そう気が付いたとき、すべての迷いが消えた。

地下鉄に乗り、聡の家を目指す。

電車を降り、商店街を抜け、高いマンションの一室に聡は住んでいた。

ワンルームのこざっぱりとした部屋だった。ベランダから新宿の高層ビル街が見えて、歓声をあげる。

「気に入った？」

「うん、とても。世の中にはこんなところもあるのね」

穂乃果が知っている世界は、あの温泉のある小さな町だけだった。自転車で三十分もあれば一周できるほどの広さしかない、狭い町だった。

不意に聡の顔が近付いてきて、唇に触れた。

思わず体にしがみついた。

その日、穂乃果は家に帰らず、聡の部屋に泊まった。シングルサイズのベッドで聡に抱かれた。

胸に顔をうずめながら、なんとも言えない充実感を味わっていた。

翌日、夕方になってから家に帰った。両親は相変わらず忙しそうにしている。フロントにいた春子に、なんと言い訳しようか悩んでいたが、意外にもさっぱりしていた。

「昨夜、友達のところにでも泊まったの？」

予約帳に目を落とし、春子はこちらを見ようともしなかった。

「そんなとこ」

「いいけど、電話くらいちょうだいよ。土曜の夜は旅館も忙しいし」

「うん、知ってる」

従業員はここにはいない。基本的に電話番と食事の支度を春子がして、風呂場や部屋の掃除、客の対応が和夫の仕事だった。穂乃果は二人の忙しさに合わせてどちらかを手伝っている。小夜子はなにもしない。

三人がめいっぱい動いて、旅館は回っている。

「電話番、かわってくれる？　お母さん、そろそろ食事の支度するから」

「うん」

立ち上がった春子と入れ替わるようにして、穂乃果はフロントに座る。日曜日とあって、今夜の予約は入っていなかった。どの週も予約が多いのは土曜日ばかりで、ほかは空き室が目立っていた。

自分が継いだら、もっと客が来てもらえるようにしたい。

夢が膨らむ。この旅館は穂乃果にとって夢の塊だった。その塊が、今日はなんだかやけに小さく思える。

不意に、両足の間に奇妙な異物を感じた。スカートの中に指を入れ、太ももを撫でる。聡の指先を思い出し、もう以前の自分ではなくなった気がしていた。

その日から、生活が一変した。家の手伝いはほとんどしなくなり、聡が運転する車に平気で乗った。町の中でも遠慮をしない聡は、素直に喜ぶ穂乃果をさまざまな場所に案内してくれた。

都内なら、上野《うえの》や秋葉原《あきはばら》、恵比寿《えびす》にも行った。新宿からほど近い聡のマンションにも通い、泊まる回数が増えていた。一度関係ができると、いろいろな意味で歯止めがきかなくなっていた。

高校にも行かず、家にはときどきしか帰らなくなった。ほしいものはすべて聡が買ってくれたし、なんの不自由もなかった。

たまに家に帰ったりしたが、そんなときは聡がこの町まで来てくれた。さすがに旅館に一緒に泊まったりはしなかったが、会えるだけで充分だった。

毎日が信じられないくらいに充実していた。けれど両親はそう思っていなかった。とくに春子は旅館や家事を手伝わなくなった穂乃果にいやな顔をして、夜になるとあちらこちらが痛いと言って、遠回しに責め立てた。もちろん穂乃果は知らん顔を決め込んだ。

今夜も膝にシップを貼りながら、恨めしそうに穂乃果を見ている。

「あの男は小夜子に会いに来ていたはずだよ。なんで穂乃果が会うんだか。これじゃ、ミイラ取りがミイラになってるじゃないか。町の人だって見てるのに」

独り言だったのか、穂乃果に言ったのか判断がつきかねたが、聞かないふりをしてテレビを見ていた。

言いたければいくらでも言えばいい。穂乃果の思いは誰にも止められない。

「ああ、膝が痛い」

これみよがしの春子の言葉は、つるんと穂乃果の頭の上を滑っていった。

聡との付き合いがひと月ほどたったころ、弘之に呼び止められた。聡を迎えに行くつもりで、泊まっている旅館に行こうとしていた。酒屋の前を通らなければならなかったので、目に入ったのだろう。

「おい、ちょっと待てよ」

あからさまに怒っていた。両目はつりあがり、顔も強ばっていた。

「おまえ、自分がなにしてんのかわかってんのかよ。あいつはそもそも小夜子の彼氏だったんだぞ」

「違うわよ」

しゃあしゃあとして答えてやった。

「なにが違うんだよ」

「彼はね、本当はわたしが好きだったのよ。それを言えなかっただけなの。だからこうして本当に好きだったわたしと付き合ってるのよ」

穂乃果は胸を張った。弘之を見下すように。

「じゃあ、それでもいいさ。だがよ、町じゃ、すごいうわさになって流れてるぞ」

うわさの中身が気になった。ほんのわずかな時間だけ。

「いいわよ、別に。わたし、結婚すんの。高校を卒業したら」

「ばかっ！」

かっと弘之の顔が赤く染まる。

「冗談もほどほどにしろよっ」

「本気だもんっ。あんた、妬《や》いてんの？」

くるりと弘之の周囲を回る。

「心配してんだよ」

「結構。それこそ余計なお世話よ」

「旅館はどうすんだよ。おまえ、跡継ぐ予定だったんだろ？」

「聡と一緒に継ぐわよ」

「相手がそう言ってんのかよ」

「言ってないけど、旅館を継ぎたいって言ってあるもん。だから大丈夫。じゃあね、わたし、急ぐんだ」

踊り出すような歩みで、その場から立ち去った。弘之なんかにかまっているほど、暇ではない。

聡が待っているから。

歩き出そうとすると、弘之の店のとなりにある土産物屋から視線を感じた。見ると、朋美の両親がじっとこちらを見ていて、なにか二人でひそひそと耳元でささやきあっている。

弘之が言っていたとおり、穂乃果のうわさをしているんだろうが、気にならなかった。あいさつもせず、その場を通り過ぎ、聡の待つ旅館に行った。聡は玄関の脇にあるベンチに座ってたばこを吸っていた。

「聡」

地面を蹴った。

聡が頬を緩ませて、受け止めてくれた。

「待った？」

隣に腰かけて、甘えて体を預けた。

「ぜんぜん」

まだ長いたばこを灰皿に捨てると、聡は立ちあがった。その腕にしがみつくと、視線を感じた。振り返ると、自動ドアの向こうからじっと二人を眺めている旅館のスタッフがいた。

この旅館は、穂乃果の家とは違い、江戸時代から続いている。大型バスが何台か停まれる駐車場も完備しており、経営の規模がまったく違った。旅館も大きくなればなるほど経営が大変になると両親はよく言っている。だから今のままでいい、と穂乃果も思っている。

「高崎に行きたい」

腕にしがみついて、かわいらしくねだってみる。

「いいよ。どこにでも連れて行ってやるよ」

駐車場に停まっていた車に乗り込む。今日も芳香剤のにおいが漂っていた。


七月初旬の月曜日は朝から雨が降っていた。細かい雨だったが、暖かく、山の緑の色を鮮やかに濡らした。

高校の校庭は雨でぬかるみ、さすがの野球部も朝練は中止になったらしく、誰も校庭にはいなかった。

スカートのすそを雨に濡らした穂乃果が教室に入っていくと、それまで騒がしかった教室内がしんと静まった。入り口に立った穂乃果に視線が集中する。通学するのは一週間ぶりだった。もっとも義務教育の中学と違って、出来がおせじにもいいとは言えない高校では好き勝手に休む生徒が多かった。ここでも様々なうわさが飛び交っているんだろう。無理もない。聡が学校までよく送り迎えしてくれていたから。担任教師からはたびたび注意を受けていたが、すべて糠《ぬか》に釘で、穂乃果にとっては痛くも痒《かゆ》くもなかった。

突き刺さる視線を感じながら、自分の席についた。誰も話しかけてくる人はいない。たった一人を除いて。

「おはよう。なんだよ、一本遅いバスだったのか？」

机に手を置いて、陽気に言ったのは弘之だった。

「違うわよ。同じバスだったわよ。あんた視力悪くなったんじゃない？　弘之の後ろにいたわよ」

「そうだったかな？　ま、雨で湿気がひどくて窓ガラスも曇ってたしな」

わざとらしく、大きな声を出した弘之の姿はまるでピエロのように映った。本当は聡の車で来ていたが、わざわざ言う必要もない。

その日の放課後、担任教師に呼び出しをくらった。

「まあ、車で送ってもらったりするのはな、いい行動だとは思えないぞ」

進路指導室で、独身男性の担任教師はわざとらしい空咳《からぜき》をした。

「今日はバスで来たよ」

嘘をつくのもすっかり慣れてしまった。

「何度か来てただろう。帰りだって迎えに来たりしてるじゃないか。自分じゃ気付かないかもしれないが、目立つんだよ。ほかの先生方も見てるんだぞ」

「しょうがないでしょ。駄目って言っても来るんだもん」

こんな雨の日は迎えに来てくれてると助かるな、とちらりと窓の外に目をやる。朝から降っていた雨は、ひどくもなってはいないが、やむ気配もない。

「高校三年生だぞ。進路だって決めないといけないんだしな」

「いいんです。わたし、結婚するから。結婚して旅館を継ぐんです」

「それは夢だろう。卒業してすぐできるかどうかだってわかりゃしない」

「わかりますよ。先生も邪魔しないでくださいね。じゃ、わたし、急ぐんで」

引き止めるのを振り払って進路指導室を出た。

翌日から体調に異変を感じた。四六時中体が怠《だる》く、常に微熱があった。体がこんな調子では、聡に会うのもままならず、学校にも行かず、家で寝たり起きたりの生活をしていた。

家事をろくすっぽしなくなったから、春子の負担は当然ながら増えていた。末っ子で甘えん坊の小夜子の頭に、手伝いをする考えは毛頭ないらしく、なにもしなかった。

旅館の仕事の合間に家族の夕飯をつくりに来た春子は、露骨に疲れた表情をしてみせ、テーブルに茶わんを並べた。そのとき穂乃果は横になっていた。

「一体、なんだっていうんだろうねえ。うちの子はなんでこんなだらしない子になったんだろうねえ」

誰に向けているとも取れない愚痴は、寝転んでいる穂乃果の上を素通りし、テレビに夢中の小夜子には聞こえていなかった。

「あんな男と付き合うから。ああ、やだやだ。町中のいいうわさだよ。いい加減に目を覚ましたらどうなんだい」

「そうだよ。お姉ちゃん、あの人を嫌ってたじゃない。なんで付き合うのよ。意味わかんないよ」

小夜子は呆れているようでもあったし、怒っているようにも感じられた。自分が連れてきたというのに。

返事などしなかった。春子の小言は、教師と同じだった。

「いいかげんにしておくれよ。穂乃果がそんな調子だとお母さんたちも大変なんだよ。なにかあったらお父さんに文句を言われるのはこっちなんだからね。じゃ、早く食べておしまい。後片付けくらい二人でやっておくんだよ」

苛立たし気に立ち去ったのを確認してから、体を持ち上げた。だがどうにも怠かった。それでも夕飯を食べようとした。この怠さをなんとかしたかったからだ。食べなければ、よくなるものもならない。

小夜子と向かい合って、箸に手を伸ばす。白い米粒も味噌汁ものどを通っていかず、箸をおいて横になった。

「お姉ちゃん、大丈夫？」

心配そうに顔を覗き込まれた。

首を動かすのもおっくうだった。

「どこが悪いんだか知らないけど、病院に行ったら？　町の診療所がいやなら、中之条でも渋川でもどこでもいいじゃない」

返事もせずに、その場に寝転がっていた。つけたままのテレビは、バラエティー番組から、ＣＭに切り替わっていた。

多い日も安心、と若いタレントがにこやかに言っている。生理用品を片手に持って。

目を大きく見開いた。

生理が来ていなかった。

具合が悪いのは、つわりのせいかもしれなかった。


翌日、穂乃果は学校に行かず、まっすぐに駅まで行った。制服姿ではさすがに抵抗があり、駅の公衆トイレで私服に着替えてから、徒歩五分の場所にある産婦人科に足を向けた。

自動ドアをくぐると、産婦人科の待合室は光で溢れていて眩しかった。たくさんの妊婦がいて、幸せそうにお腹を膨らませて、ソファやいすを陣取っている。中には小さな子供を連れた人もいた。

真っすぐに受付に行き、診察を申し出ると、ピンク色の制服を着た事務員は怪訝《けげん》そうな顔つきで穂乃果を眺めた。

「今日は、どんな症状で来たんですか？」

保険証を確認した、事務員に尋ねられる。

「生理が遅れているんです」

妊娠したようだとはっきり告げるのは、なにかためらわれた。それを事務員がどう受け取ったのかは知らないが、問診票を差し出され、尿を取るようにとカップを渡された。

問診票には、初潮の年齢や最終生理日、妊娠経験の有無などについて事細かに書くところがあった。一つずつ項目を埋めてから、事務員に返し、次にトイレに行った。さすが産婦人科のトイレだけあり、中にはオムツ台がある。

カップに半分ほど尿を入れ、説明された通りに小窓から奥に差し出した。すぐに待合室に戻り、空いていたソファに腰かける。

待ち時間は長く、一時間ほどしてから自分の名前が呼ばれた。

男性の医者は四十半ばほどだろうか、問診票を一通り眺めてから、いくつか質問をし、隣にある診察台に行くように指示をした。

ジーンズとショーツを脱ぎ、下半身をむき出しにして診察台にのぼったときには、さすがに息苦しくなるほど恥ずかしかった。すぐに医者が診察を始める。

「エコーを撮るからね」

冷たい機械の感触に全身を貫かれる。

診察のあとは、お湯で洗浄するからと言われ、陰部を洗ってもらって終了した。医者に付き添っていた看護師にトイレットペーパーで濡れた部分を拭いてもらってから台を降り、医者の前に戻った。

「妊娠してるね。十週に入ったところだよ」

抑揚のない声だった。非難めいて聞こえたのは気のせいだろうか。

「まだ高校生だろう？　親とよく相談してからまた来なさい」

それがどういう意味を示しているのかよくわからず、診察室を出た。

待合室にはやはり妊婦がたくさんいた。

会計のために受付に行くと、事務員は気の毒そうに穂乃果を見た。

「できるだけ早く親御さんともう一度来てね」

「はあ」

斜めに首を傾げて、診察券を受け取り、外に出た。

下腹部に手を這わせる。

聡の子供がここにいるのだと思うと穂乃果はうれしくてならなかった。

絶対産もうと固く決心し、親ではなく、先に聡に報告しなければと思った。となりにあったコンビニの公衆電話から連絡を取ろうとした。だがいくら携帯電話を鳴らしても、聡は出ない。

早く知らせたくて穂乃果はじれたが、通話にならない以上ほかに方法がなく、受話器を置いた。

急がなくても週末になればやってくる。そのとき伝えればいい。

気持ちがすっと楽になった。駅まで戻るとちょうど町に行くバスが停まっていた。制服にもう一度着替えている時間はなさそうだ。バスは一時間に一本しかない。

言い訳はなんとでもつく。

その日、穂乃果はなにくわぬ顔をして家に帰った。春子と顔を合わせたが、私服でいるのはなんとも感じなかったらしい。それよりも旅館が忙しいから、夕飯は適当につくって小夜子と二人で食べるように早口に捲《ま》くしたてられた。

食欲はあまりなかったが、腹の子供のためにも食べなければいけないと穂乃果は思った。ここにいるのは大切な聡の子供なのだから。

週末、聡は自分の車に乗ってやってきた。泊まった旅館は前回と同じで、一泊二万円はするという。アルバイトもしていない聡が、親からの仕送りで支払っているのは穂乃果も知っていた。

金曜日の午後にやってきた聡に、校門の前で拾われる。

「どこに行く？　行きたいとこある？」

ギアをドライブに入れながら、尋ねてきた。

「聡の部屋。取ってる旅館」

迷う素振りもなく、すぐさま答えると、聡は唇を結んだ。

聡は旅館には一人で泊まるのが常だった。夜中まで二人で遊んでいても、部屋には一人で泊まり、翌朝チェックアウトしてからまた会うのがなんとなくの決まりになっていた。その決め事を、あえて破ろうとしていた。どうせ聡と付き合っているのは、町中の人たちが知っている。いまさら部屋に行ったところで、なにも怖くはない。言いたいやつには言わせておけばいい。

覚悟が伝わったのか、やがて、「いいよ」とひどく不愛想に言った。

車は山に向かって走り、いつもの旅館の駐車場に停まった。うわさの火に自ら油を注いでいるとはいえ、旅館からすれば毎週のように泊まりに来る羽振りのいい常連客には違いなく、和服の女将《おかみ》がすぐさま寄ってきた。女将の後ろでは、ほかのスタッフが穂乃果を見ている。

助手席から降りた制服姿の穂乃果を目にして、女将は目を伏せた。小さなころからの知り合いだった。名前を名乗る必要もない。

わざとか、きまりが悪いのか、女将は愛想のいい笑みを聡にだけ向け、部屋まで案内した。

外観は子供のころから見ているのでよく知っているが、中に入るのは初めてだった。

用意されていた部屋は十畳はあるだろうか。ふすまで仕切られた奥にはキングサイズのベッドが置いてあった。窓からは手入れが行き届いた庭園が見える。一泊二万円という金額にも納得がいく。

女将が淹れてくれたお茶をすすりながら、上目遣いで向かい側にいる聡を見る。

ここに来るまでもそうだったが、今日の聡は無口だった。突然部屋に来たいと言った穂乃果に対して怒っているのかもしれなかった。

「聡のお父さんて、なにやってるの」

無邪気なふりを装って聞いてみた。

「なにって？　自営業」

「仕送りで生活してるんでしょう？」

「当たり前だろ。学生だぜ、俺」

「アルバイトしてないよね？」

「しなくていいって言われたんだよ。なんか、今日は変だぜ」

「そうよ、わたし、変なの」

ぴんと背筋を伸ばす。

「だってね、わたし」

持っていた湯飲みをテーブルに置く。お茶はすっきりとした味わいがしておいしかったが、先に話をしてしまいたかった。

「わたし、赤ちゃんができたのよ。この前、病院に行ったの。みんなにはもちろん内緒にしてね。一人で診察を受けてきたの。病院の先生は今度は親と来なさいって言ってたけど、わたしは聡に一緒に行ってほしいの」

うれしさを隠し切れなかった。大好きな人の子供を妊娠したのだから当然だった。この喜びを、二人で分かち合いたかった。けれどいくら待っても聡はなにも言わなかった。こちらを見ようともせず、なんとも言えない重苦しい空気が漂い始めた。

「カンベンしてくれよ」

降参、とでも言いたげに、両手をあげた。

「え?」

「冗談は休み休み言ってくれよ」

聡の口から出てきたとは到底思えず、ぽかんと口が半開きになった。

「なんで」

しばらくたってから、聞き返した。

背筋には奇妙な汗が流れて、指先にも血が通っていないのか、ひんやりと冷たくなっていて、しびれさえ感じていた。

「だって、結婚するんでしょ？」

よくよく考えてみれば、結婚するとは言ってなかった気がする。ただそう思い込んでいた。そうあって当然だとも信じていた。

「誰が？　誰と？」

今まで耳にした記憶がないくらい冷たい響きを持っていた。聡が放ったとは信じられなかった。

「俺、まだ学生だよ。大学だってあと二年も残ってるし、そもそも結婚なんて無理だし、穂乃果ちゃんとする気もないし」

ぽつぽつと無表情に言う間、一度もこちらを見ようともしなかった。避けられているのを感じて、全身が凍り付いていく。

「でも、だって」

愛してると言ったじゃないか。抱きしめてくれたじゃないか。

あれはすべて嘘だったとでも言うのか、と穂乃果は叫びたくなった。

「小夜子ちゃんがさ」

なぜ、ここで小夜子が出てくるのか。じっと聡の次の言葉を待つ。

「小夜子ちゃんが言ったんだよ。穂乃果ちゃんをおとせたら付き合ってあげてもいい。考えるって。だから、俺……」

「嘘でしょう？」

穂乃果が発した声は震えていた。

「とにかく俺、関係ないから！」

いきなり立ち上がった聡は、そのまま部屋を出て行った。慌ててあとを追う。

階段を降り、ロビーを通り抜け、駐車場に停めてあった車に乗り込むのを止める術は見つからなかった。車は排気ガスを撒き散らしながら、その場から去っていった。

認めずにはいられなかった。自分の身の上になにが起こったのか悟ったとき、家に向かって早足に歩き出していた。

川沿いの道を大股で、両手を振って勢いをつけて歩いた。途中、酒屋の前を通りかかった。店の前で、弘之はバイクに商品を括り付けている最中だった。

「おい、穂乃果」

名前を呼ばれたが、足を止めなかった。振り返りもしなかった。

「なに、怒ってんだよ」

いきなり腕を取られ、後ろにひっくり返りそうになった。

「離してよ」

乱暴に腕を振りほどく。

「なんだよ。すごい怒った顔して」

「そりゃ怒るでしょう！」

大好きな人にあんなひどい言葉を浴びせられた挙句、相手は逃げるように走り去っていった。しかも車で。怒らないほうがどうかしている。

「なんで？」

泣きたくなった。でもまだ泣けない。きちんと確かめるまでは。

「放っておいて！」

叩きつけるように言い、また歩き始めた。もう追いかけてはこなかった。弘之なりに、ただならぬ気配を感じ取ったのだろう。

今は誰になにを言われても、足を止めるつもりはなかった。

小夜子に会うまでは。真意を確かめるまでは。


小夜子は居間にいた。つけたテレビの前にしゃがみ込んでいた。勢いをつけてドアを開けると、驚いたようにこちらを振り返り、両方の肩をすくめた。

「どうなってるのよ」

苦し気に息を吐き出した。

「どうって何が？」

「聡さんだよ」

ずかずかと部屋に入っていき、穂乃果が襟首《えりくび》を掴むと、小夜子は顔をそむけた。

「だって、だってあの人しつこくて。お姉ちゃんだって最初いやがってたじゃない。お母さんたちだってみんな困ってたじゃない」

小夜子はこちらを見ようともしなかった。

「わたしだっていやだったんだよ。だって、あの人、東京で一人暮らしとかしてるけど、実家は東北の農家だってよ。そんな親の仕送りだけを頼りに生きてて。なんかわたし、気持ち悪くて。だからいやだったの。だから」

そこで小夜子は目を閉じた。

「だから、なに？」

「お姉ちゃんを本気にさせられたら、付き合ってあげてもいいって、そう言ったの。でもわたし、お姉ちゃんが本気になるなんて思ってなかったんだよ」

それ以上は聞きたくなかった。

突き飛ばした。

聡は本気ではなかった。やはり小夜子が好きだった。

そして小夜子は穂乃果を道具にしていただけだった。それが真実ともすべてとも思いたくなかった。

はらわたが煮えくり返るほど頭に来た。

「お姉ちゃん、わたしね」

「言い訳なんか聞きたくないよっ！」

部屋を出ると、廊下で下腹部を押さえながらうずくまる。

一人ならなんとか忘れることもできただろう。だがこの体には子がいる。聡の子供がいる。この子がいる限り、忘れられはしない。この先一体どうしたらいいのだろう。

不安にかられて、何度も電話をかけた。聡のマンションにも携帯電話にも。何度かけても出ない。時間だけがどんどん過ぎていき、夏休みに入り、マンションの電話が完全に通じなくなった。

家から電話をしたら「この電話番号は現在使われておりません」とアナウンスが返ってきて、心臓が跳ね上がるほど驚いた。いてもたってもいられなくなり、翌日に東京に行った。そばにいてほしいのは、今、なによりも必要としているのは聡だった。

記憶を頼りにして、何度か行っていたマンションのドアのインターフォンを鳴らしたとき、昼近くになっていた。

「はーい」

ドアは開いた。見知らぬ女だった。

「誰？」

赤い口紅を塗った女は、怪訝そうに眉をひそめて穂乃果の全身を眺めまわした。

「あのう、ここ、聡の、米田聡さんが住んでますよね？」

口の中がからからに乾ききっていた。

「さあ？」

女は首を傾げている。

「わたしは昨日引っ越してきたばかりなのよ。前に住んでた人かなあ」

「どこに行ったか、知りませんか？」

必死だった。なにがなんでも聡に会わなければならない。穂乃果のためというよりも、腹の中の子のためだった。なにより会うのをあきらめてしまったら、捨てられたという事実を認めてしまうことになる。捨てられたんじゃない、と心が激しく拒絶している。

「前に住んでた人なんてわからないわよ。知りたくもないし。ごめんね」

気の毒そうに、女は謝った。今にも泣き出しそうな顔をしていたのかもしれない。実際、泣きたかった。

「ごめんね」ともう一度女に言われて、頭をさげた。

マンションから離れながら、聡が通っている大学に行こうと決めた。大学名は聞いている。詳しい場所はわからないが、なんとかなるだろう。

近くの駅まで戻り、公衆電話を見つけると、番号案内で大学の番号を聞き出して、大学に電話をかけた。聡を出してくれと頼む。

「すみませんけれど、お取り次ぎは無理です」

「どうしてですか？」

「大学ではそのような対応をしておりませんので」

呆れている口調だった。

謝って電話を切ると、途方に暮れた。

東京に知り合いはいない。聡だけしかいない。なのに会えない。まさか一人でホテルに泊まれもせず、往きと同様に電車を乗り継いで家に帰った。家に帰ると真っ暗になっていた。おまけに散々歩き回って足が棒切れのようになり、感覚がなくなっていた。

聡に会いたかった。賭けの対象と知らされても、まだ好きだという気持ちがくすぶっている。そんな自分がどうにも情けなかった。

腹の子をどうしたらいいのか困り果てているうちに、時間だけがどんどん過ぎていった。盆休みになり、旅館も忙しくなる時期だった。自分の意思とは無関係に腹がふっくらし始めてきて、春子がとうとう気が付いた。というよりも、そのころには町の人たちも気付き始めてうわさになりかかっていた。そのうわさが春子の耳に入っただけの話だった。

穂乃果も町の人たちの視線が気になり始めていた。目が常に腹に集中していた。昨日もとなりのコンビニもどきの酒屋に買い物に行ったら、意味ありげな視線を投げつけられたばかりだった。

そんな町の人のうわさ話が、春子の耳に入らぬはずがなかった。

夜遅くなって仕事からあがってきた春子は、部屋にいた穂乃果を呼びつけた。

「ちょっといいかい?」

穂乃果に座るように言った。

「なに?」

舐めまわすような視線を感じて、穂乃果は背中を丸め、腹を目立たないようにした。

「あのね、なんだか最近いやな話を耳にしてね。もちろん、それが本当だとは思ってないよ。最近あの男も来てないみたいだしね」

穂乃果を捨てたのだから来るはずがなかった。

「うん、で?」

なにを言わんとしているのか、気が付いていたが、素知らぬ顔をした。

「あんた、体の調子はどうだい?」

ちらりと視線をこちらに投げて寄越す。腹の具合を確認しようとしたのかもしれない。

「普通」

妊娠しているとは、さすがに自分の口からは言えなかった。それよりも相手の男に捨てられたと思われるのがたまらなくいやだった。

「そう。あのね、近所の人がね、その、あんたが妊娠してるんじゃないかって言うんだよ。その、わたしもそうじゃないかと思うときがあって」

伏し目になったり、あげてみたりと落ち着きのない動きをしている。

「それで、なんにもないんだったらそれでもいいんだけれど、やっぱり一度病院に行こうか？お母さんもそれで安心できるから」

いやと言ってもいつかはばれる。遅いか早いかの違いだけだ。いずれにしろ病院には行かなければとは、穂乃果自身も思っていた。

「明日にでも行こうか？　病院のお盆休みももう終わっているだろうからね」

恐る恐る言った春子の言葉に、穂乃果は黙ってうなずいた。

翌日、旅館の仕事が一息ついた時間に、二人でバスに乗った。一番奥のシートに腰かけると、あとから朋美の母親の靖子が乗ってきた。

「おはようございます」

靖子はちらちらと穂乃果に視線を投げた。

「おはようございます」

渋い顔つきをして、春子は言った。

「二人でお出かけ？」

春子の前に立って、靖子は尋ねた。

「ええ、ちょっと中之条まで」

「あら、わたしもなの。穂乃果ちゃん、顔色悪いけど、どこか体の調子がよくないの？」

いいえ、と穂乃果はうつむいた。

「違うのよ。ちょっと貧血なだけ。ええ、そうなの」

慌てて春子がとりつくろう。

「それならいいけど。穂乃果ちゃん、まだあの大学生の子と会ってるの？　いえね、ほら、うちの娘が紹介したみたいになってるし、その、あまりいいうわさを聞かないからちょっと心配になってね」

心配というより好奇心じゃないか、と穂乃果は言いそうになったが、奥歯をぐっと噛み締めて、呑み込んだ。

「いいえ、そうじゃないの、本当に。ええ、何でもないの」

言えば言うほど、春子が墓穴を掘っているように聞こえてきた。

「あら、そう。まあ、うわさなんてね。まあ、そうよね」

つくり笑いを浮かべて、靖子はバスの前のほうに移動していった。それきり目を合わさず、中之条駅で降り、先日診察してもらった産婦人科の門を叩いた。

久しぶりに会った医者は呆れた顔をしていた。

「まあ、とにかく診察台に乗って」

前回とほとんど同じ内診をして、診察室に戻ると医者は柔らかい口調ではあったが、春子を責め立てた。

「どうしてもっと早く連れてこなかったんですか。子供の妊娠はね、親にも責任があるんですよ」

はっきりとそう言われて、春子はぼろぼろと涙をこぼした。

ばかばかしく思いながら、それでも心のどこかで娘を信頼していたのだろう。半信半疑でいた春子も認めずにはいられなかったようだ。

「もう掻爬《そうは》中絶は無理ですよ、お母さん。十六週に入ってますからね。もっと早ければなんとかなったけどねえ。それとも産むんですか?」

半ば呆れた口調で言った医者の無機質な声と反比例するように、春子の泣き声はひときわ高くなった。

「いえ、それはできません。この子はまだ高校生ですから」

泣きながら、春子は言った。

穂乃果も産むのはもうあきらめていた。自分への愛情など最初からなかった男の子供など、産みたくない。

「こうなるとね、もう普通の出産とほとんど同じ方法をとるしか手はないですよ。無理矢理に早産させる形になるから子供は当然ながら生きられないし、ここでは無理です。違う病院を紹介するからそっちに行ってみて」

厄介払いをするように、医者は紹介状を渡し、春子は泣きながら封筒を受け取って家に帰ってきた。

家に着くと六時近くになっていた。旅館では和夫が一人で客の対応に追われて忙しく働いていたが、小夜子は居間にいた。春子と共に帰ってくるのを見て、恐ろし気なまなざしを投げている。

あの日からろくに話もしていなかった。姉妹の糸が切れかかっていたが、それでもかまわなかった。もう妹でもなんでもないと穂乃果は思い始めていた。

窓辺に寄り、小夜子はぎゅっとカーテンを握りしめ、こちらを見ていた。


今日一日の仕事を終えて自宅にあがってきた和夫は、握った拳を震わせて報告を聞いた。小夜子は自分の部屋にこもってしまっている。穂乃果はどうにでもなれといった投げやりな態度でいて、春子は正座をし、頭をさげて体を戦慄《おのの》かせていた。

「それじゃ、子供がいるのは間違いないのか」

和夫は青ざめてすらいた。うわさは当然耳にはいっていたはずだ。服の上からでも腹の膨らみは確認できた。それでも、と一縷《いちる》の望みは持っていたのだ。春子と同じように。だからこうして怒りをあらわにしている。

右手が宙にあがった。和夫に叩かれる、と目をつむったが、なんの衝撃もやってこなかった。かわりに派手な音がして、恐る恐る目を開けると、春子が畳に転がっていた。

「母親のくせになにをしてたんだ。あんな男にいいようにされて。これからどうするつもりだ」

青かった和夫の顔は、今は真っ赤になっていた。

「そうは言ったって、小さな子供じゃないからずっと見張っているのも無理だし」

頬を押さえながら起きあがった春子の顔は、涙で濡れていた。

「とにかく医者の言う通りの病院に行け。それしかないだろうが、これ以上うわさが広がらないうちになんとかするんだ」

「わたしのせいなの？」

悲鳴にも似た声を春子はあげる。

「母親はお前だからな」

「母親だからって、なにもかもわたしの責任にされたって……」

「小夜子のせいだよ！」

責め立てられている春子が気の毒だったというよりは、小夜子の悪事をぶちまけたくて叫んでいた。

「小夜子があの男をけしかけたんだよ。わたしに！　わたしをおとしたら、付き合ってやってもいいって、小夜子が言ったんだよ。だから一番悪いのは小夜子なんだ」

さっと和夫の表情が強張る。

信じられないのだろう。けれどすべて事実だった。

穂乃果はじっと和夫を睨んだ。視線を逸らした和夫は、

「なんでもいいから早く医者に連れて行け。商売にさしさわりが出たら困る」と吐き捨てた。

そこか、と穂乃果は思った。

家族経営の小さな宿だ。常連客でもっているような宿だ。たった五室しかない小さな宿に、

家族はしがみついて生きている。生活の糧として、抱きついて生きている。だからうわさが広がっては困るのだ。こんなぼろくて古い宿でも、なければここで生きていかれないから。

穂乃果もずっとそう思ってきた。旅館が穂乃果の夢だったから。その夢が、大きく音をたてて割れてしまった。

「なんだ、その目は」

怒りに満ちた和夫の視線とぶつかった。

「この旅館がそんなに大切なの？」

言うつもりはなかった。黙っていたかった。けれど感情が抑えられなかった。

「こんなちっぽけな旅館がそんなに大切なの？　そんなに」

ばん、と左頰に衝撃を感じて、体が後ろに吹っ飛んだ。

「小さな宿でも親から受け継いだ大事なもんだ。温泉とこの宿のおかげで生活ができてる。感謝こそすれ悪口は言うな」

「悪口じゃないわ。真実よ」

「黙れ！」

足が飛んできて、蹴飛ばされた。あとは歯止めが利かなくなったらしい。背中も腹も足も腕も、全身どこというのでもなく、叩かれ、蹴飛ばされた。流れてしまえばいいという気持ちもあったのだろう。

「よして、やめてちょうだい」

間に入った春子が何度も言って、やっと和夫の暴力は止まった。そのときには全身が疼《うず》いて痛かった。

ぜいぜいと肩で息をしていた和夫は、くるりと向きをかえて家から出て行った。

「早めに病院に行こうね」

なだめるように言った春子を振り払って部屋に行った。小夜子には会いたくなかったが、そこしか行き場所が見つからなかった。だが小夜子は知らないうちに出かけていたらしい。部屋には誰もいなかった。ただ川音だけが響いていた。

その晩、小夜子は朝になっても帰ってこなかった。和夫は旅館の仕事があるから、そうもいかなかったようで、真夜中になって帰ってきた。眠りが浅かったのと、夫婦のいがみ合う声が聞こえてきて、なんとなく察した。

頭から布団をかぶり、なにも聞かないふりをする。だが酔った和夫の声はいつにも増してずっと大きくなっていたし、ヒステリックな春子は一オクターブ高かった。あげく春子は遠慮もなく泣きわめくのだからどうしようもなかった。

布団にくるまっていたが、穂乃果は這《は》い出て隣の部屋に行った。二人の視線が突き刺さる。

「そもそもお前が悪いんだ。自分がなにをしたのかよく考えろ。みっともない真似しやがって」

充血した目で、和夫に睨まれた。

「悪いと思ってないよ。悪いのは小夜子だよ。それよか大声出さないで。下のお客に聞こえたら困るんじゃないの。いい加減にしなよ」

吐き捨てるように言うと、すぐに布団にもぐり、明るくなるのを待った。カーテンの隙間から漏れるかすかな光を目にすると、のろのろと布団から這い出した。台所からは煮炊きする匂いと音が聞こえてきた。

　足音を忍ばせて台所に行くと、白い割烹着を着た春子が立っていた。気配を察したのか振り返ったその顔の半分は青く内出血していたし、腫《は》れ上がってもいた。その顔を目にしたとたん、穂乃果も全身に痛みを感じ、パジャマのすそをめくっていた。目に入ってきたところはどす黒くなっていたり、青く変色していた。

「冷やしておくよりないねえ」

　諦《あきら》めきった様子で、つぶやいた。

「お母さん、小夜子は?」

「友達の家に泊まったよ。遅くに連絡が来たから。それよりも、さ」

　持っていたおたまをシンクに置き、春子はこちらを見た。自然向き合う形になった。

「やはりねえ、相手の人と連絡を取ったほうがいいんじゃないかな」

　すがるような視線だった。

　気持ちは理解する。だが現実は厳しい。すでに引っ越してしまっているし、大学は何も教えてくれない。

「一度、お母さんと東京に行ってみようか。彼が住んでいたアパートとかに、なにか情報があるかもしれないじゃない」

　うつむいて、黙っていた。

「ねえ、そうしよう。今日にでもいこう」

「こんな青たんつくったまんまで？」

鏡はまだ見ていないが、おおよその見当は付いた。目の上に手をのせれば、熱を持って腫れている。

「一日でも早いほうがいいだろう。だって紹介された病院の次の診察日は、来週だよ。一週間もないんだから」

「もし、連絡が取れたらどうするの？」

視線から逃れるように、春子は顔を下に向けていた。

「そりゃ、お金の問題とかね。そうすれば、お父さんも少しはさ、機嫌がなおって、あんなに怒らなくなると思うの」

最後は結局金の問題かと忌々《いまいま》しく思ったが、あきれ果てる気持ちのほうが強かった。

「無理、と思う」

つぶやいた一言に対し、春子は無視をしたのか、それとも本当に聞こえなかったのかわからなかった。

3

二〇一九年の正月気分が抜けて成人式を翌日に控えた日、篤紀と二人きりで会った。いつも通り、大宮駅西口のロータリーで拾ってもらい、ラブホテルに直行した。今日は川越《かわごえ》のホテルだった。

運転する篤紀の気分によって、ホテルの場所が変わる。岩槻《いわつき》だったり川口《かわぐち》だったり、様々な場所に行く。

外見は都内のタワーマンションを思わせるラブホテルの部屋の内装は、落ち着いていた。調度品はいたってシンプルで、派手さはない。それがよかった。

その部屋で、篤紀と抱き合った。最後に二人でこうした場所に来たのは年末だった。もう二週間以上会っていなかった。

ベッドの上で、篤紀にまたがり、二本の指でコンドームを持つと、唇をすぼめて息を吹きかけた。つんとコンドームの先が尖ると、篤紀のペニスに装着した。指と舌を使って。ゴムのにおいで口の中が満たされる。

舌先でペニスの根元までコンドームを持っていく。

その間、篤紀は大の字になって寝転がっているだけだ。

ぴたりと装着すると、そのまま腰を落とす。背中を反らして、快楽を得る。

何度も声をあげて、上り詰めた。

窓のない部屋で、時間の感覚がなくなってゆく。

果てて寝転がっている篤紀の胸に指を這わせながら、それまで黙っていた愚痴を一気に吐き出した。

祐一の態度、実家でのやりとり、ゴミ屋敷となりはてていたとよの家。

篤紀は相槌も打たず、黙って聞いている。

返事など、穂乃果も最初から求めていない。ただ聞いてくれるだけでよかった。だから思いつきで言葉を発する。毒を全部吐き出して、きれいな体に戻りたかった。

家族で暮らすマンションにいると、穂乃果は自分が汚れていく気がする。家族に対する愚痴が、どんどん自分の中に溜まっていくから。今回はそこに実家の毒まで吸い込んでいる。

篤紀はこうした関係が始まってから、穂乃果の愚痴を聞き続けている。

穂乃果には友達が少ない。学生時代からの友人も皆無に等しい。実家を出て、地元から離れたのも理由のひとつにはなるだろうが、それだけではない。女が結婚して家庭を持てば、自然に友達は遠のいていく。そのくらい穂乃果だってよく知っている。だからこそ、こうした家族の愚痴や仕事の不満を聞いてくれる篤紀は、離したくない大切な存在だった。

しゃべり続ける穂乃果の頭を、篤紀は黙って撫で続けていた。

んー、と頬を篤紀の胸に押し付ける。一年前に比べればぜい肉がだいぶついてしまっているが、それでもまだまだ引き締まっている部分はある。篤紀なりに気にして、ジムに通っている効果も少しはあるんだろう。太りすぎてぜい肉だらけの、トドみたいな体をした祐一とは大違いだった。

「わたしね、虐待してるんじゃないかと思うのよね」

拳をつくって、胸をどんっと叩いた。

「虐待ぃ？」

さすがに驚いて、篤紀は頭を持ち上げ、穂乃果と視線を絡ませた。うんうん、と穂乃果は鼻先を胸に押し付ける。

「そう、虐待。自分たちだけきれいな家に住んでさ。ばあさんだけ一人ゴミ屋敷に住まわせてるのはわざとなの。汚くしていればいいっていう意味よ」

「そうかなあ」

篤紀は首を捻《ひね》っている。

「そうに決まっているわよ、絶対」

「で、虐待してるとしたら、君はどうするの？」

胸を叩いていた手首を摑まれ、真顔で尋ねられる。

穂乃果はいやらしく笑って見せる。

「おもしろそうだから、行く末を見るの」

ふわっと手を離した篤紀は、声をあげて笑い出す。額に手を当てて、さも面白くてたまらないというように。

「どう？　おもしろそうだと思わない？　お義姉さんは自分の母親を苛め抜いて、殺しちゃう」

「どうやって？」

篤紀は腹を抱えている。

「放置し続けるの。でもってゴミだらけになって窒息死するの。最後はニュースになってさ、顔も名前も知らない世間様から追い立てられるの。これってすごくない？」

篤紀の胸に手を置き、穂乃果はにたにたと笑った。

「俺はね」

ひとしきり笑った後で、篤紀は穂乃果の頬を撫でた。

「そういう君の、意地悪でいやらしいところがたまらなく好きだよ」

「ありがとう」

含み笑いで、穂乃果は答える。

「ところで篤紀の奥さん、どうしてんの？」

一度も会ったことがない篤紀の妻の姿が、かすみがかかったように穂乃果の瞼の裏に思い浮かぶ。

「どうもこうも。例によってなにもしないで部屋にこもってるよ。家事もしなけりゃ、身ぎれいにするっていうのも忘れちまったんだ。あいつはもう女じゃないよ。精神科の患者だよ」

妻の悪口を篤紀から聞くと、すっと胸が軽くなる。だからわざと聞いてしまう。

「いいのよ、あなたにはわたしがいるから。ほかに女はいらないの。で、実家のほうってどんな感じ？」

「どうって？　うちの親はもういないし、妻の親は向こうの兄弟に任せてあるし」

「それでいいんだ。楽でいいね」

「っていうか、あまり口を出さないようにしてる。遠いし」

「そっか」

「他人の親よりも自分の親はどうしてる？　まだ入院してるんだろう？」

「妹が面倒看てるよ。わたしはね、なんにもしなくっていいの。妹に面倒を看させておけばいいのよ」

手をぶらぶらと振る。

た。

「でしょ。いいのよ、それで」

首を伸ばし、篤紀の耳たぶをそっと噛む。逃げようとした篤紀の頭を摑み、唇を離さなかった。

フリータイムぎりぎりまで抱き合ってから、大宮駅西口のロータリーで、車を停めた。

「また行こうね」

穂乃果はするりと車から降り、その場から慌ただしく立ち去った。人の目が少しばかり気になっていた。このスリルが、不倫という行為を楽しくさせている。スリルはいつからか快楽に変わっていた。だから穂乃果はやめられずにいる。

穂乃果は駅に近接するデパートに行き、デパ地下で食品を物色する。祐一は仕事が忙しく、日付が変わってから帰ってきたりもするが、夕飯がなにもないと翌朝になって不機嫌になるので、なにかしら用意はしておかなければならなかったし、颯馬もいる。

総菜コーナーを歩いていると、ばったり吉野と出くわした。

「あら」

「あら」

顔を見合わせ、二人で笑う。

「楽をしたけりゃ総菜よね」

くすくすと吉野は笑っている。

「そうね」

「楽でいいな」

穂乃果も笑い返した。

「ところでどこかに行ってたの？　ロータリーで見かけたのよ。車から降りるとこ。もしかしてお父さんのお見舞い？　まだ入院してるんでしょう？」

冷や汗が流れた。

篤紀の車から降りたのを見られていた。

「え、ええ。息子にね、送ってもらったの。駅まで」

「そうだったの」

胸を撫でおろす。篤紀だと気が付いていない。

これ以上なにか言われるのが面倒で、目についた煮物や揚げ物を買い、そそくさとその場から離れて行った。まだ買い物があるからと吉野には言い、用もないのに遠まわりをして外に出た。

一人になると、篤紀とさんざん抱き合ったあとの心地いい疲労感に襲われた。体は重苦しいが、それがいい。

翌日、いつも通りに仕事に行った。店は二十四時間営業で、休みはない。

店のレジに行くと、早番の吉野が待っていた。

「おはようございます」

エプロンの裾を引っ張り、しわを伸ばす。

「おはようさん」

レジの前で入れ替わる。二十四時間営業のスーパーの朝は、夕方と違ってあまり客はこない。そこで毎日立ち話をする。

「いい息子さんよね。駅まで送ってくれるなんて」

昨日の話を蒸し返された。素知らぬ顔を装う。

「吉野さんの息子さんだって立派よ。自分のお給料を全部家にいれてくれるんでしょう」

これ以上つつかれては困ると、違う方向に話を持っていった。

「母一人、子一人だもん。そうやっていかなきゃ、生活できないからよ」

吉野は楽し気に、声をたてて笑っている。

「えらいわ。おこづかい、一万円だっけ？」

「先月から、こうなった」

中指と人差し指をたて、大きく息を吐き出した。

「あら、二万？」

「そうなのよ。さすがに足りないって泣きつかれてね。まあ、三十も過ぎて、付き合いも多くなってきたみたいだから仕方ないかと思ってさ」

「でも、二万で済むならいいじゃない。ねえねえ」

きょろきょろと周囲を見回しながら、肩を寄せる。

「お給料っていくらぐらいもらってくるの？」

小声で穂乃果は尋ねた。

ふふふ、と笑いながら、耳元で囁《ささや》かれる。

「内緒」

「ま！　いいじゃない。教えてくれたって」

少しばかりむくれてみせる。

「大した金額じゃないもの。恥ずかしいわ。三十を過ぎた息子の給料とは思えないほど少ないのよ。あれじゃあ、結婚も無理。家族を養っていけないわ」

制服のエプロンで、吉野は顔を覆っている。

「でも立派。なんて言ったら給料全額差し出してくれるのか、教えてほしいわ」

「そんなのは簡単よ。だってわたしは息子のために、必死で働いて専門学校までやったのよ。言ってみれば親が奨学金を出したのよ。借りたものを返すのは当然なんだから」

胸を張っている。

「うちの子もそうなってほしいわ。どうやったらそうなってくれるのかしら。ねえ、吉野さん、よかったら今日のランチ、うちで一緒にしない？」

「あら、いいわね。でもお邪魔して大丈夫？　旦那さんに迷惑じゃない？　それに何度も伺うのも気が引けるわ」

「いいのよ。うちも今日はわたし一人なの。息子はアルバイトばかりだし。一人よりも二人のほうが楽しいから」

「じゃ、お邪魔しちゃおうかしら」

「そうして。一時には家にいるから来てね」

そんな二人の前を、篤紀が店長として通り過ぎていく。おしゃべりはここまで、と言いたげに咳払いをひとつした。

「店長」

その場から去っていこうとする篤紀を、別の女性パートスタッフが呼び止めた。

「すみません。乳製品コーナーまでいいですか？　仕入れと数があわない商品があって」

スーパーの店員には正社員は少ない。パートとアルバイトで成り立っているといっても過言ではなく、篤紀はスタッフに頼りにされていた。篤紀でなければすすまない仕事もあるようだが、穂乃果は詳しく知らない。

慌ただしく去っていく篤紀を見送って、二人で顔を見合わせた。

「じゃ、帰るわ。お先に」

手を振って、レジから離れていく後ろ姿に「お疲れさま」と声をかける。

一日三時間の仕事が始まった。


休みなくレジを通し、家に帰ると十二時半になっていた。ありあわせの料理でも吉野は文句は言わないが、手間暇を考えると、なにか頼んだほうが早い。

なににしようか迷った末に、寿司を注文する。電話を切ると、簡単に家の掃除をした。気心の知れた間柄でも、家は少しでもきれいに見せたい。

一時ぴったりに吉野がやってきて、すぐに寿司も届いた。

二人で寿司を食べ、吉野がデザートにと持ってきた近所のケーキ屋のプリンをいただき、世間話をして、吉野は帰っていった。

汚れたカップや皿を洗いながら、そういえば、昨日の礼を篤紀にしていなかったと思い出した。店で会っても二人の関係がばれないように、当然だが極力話をしないようにしている。ラインで礼を言うつもりでスマホを確認すると、着信が三件あった。吉野と話し込んでいたので、充電したままで気がつかなかったのだ。

群馬県のナンバーだが、実家でもなく、旅館でもなかった。このしつこさでは、またかかってくるに違いなく、それならばこちらからとかけ直すと、父の和夫が入院している病院につながった。

和夫になにかあったのか。

スマホを耳に押し付ける。

「父になにかあったんですか？」

過去、病院から連絡を受けた記憶はない。

「いいえ、お父様は格別おかわりありません」

ああ、とため息にも似た吐息が漏れる。

「最近、妹さんとお会いになりましたか？」

予想外の一言だった。

「いいえ」

連絡はすべて春子から来ている。和夫が倒れて以来、見舞いには一度も行っていないから話もしていない。当然ながら、一度も会っていなかった。

「そうですか」

困っている様子が、電話を通して伝わってきた。

「あの、小夜子が、妹がどうかしたんですか？」

「実はですね、妹さんのほうから人工呼吸器を外してほしいという申し出があったんです」

は？　と思わず聞き返していた。

「外すと死んじゃうんじゃないんですか？」

ネットで読んだり、テレビで聞きかじった情報を、素早く口にする。

「そのとおりです」

「小夜子は本当にそう言ってきたんですか？」

いくらなんでも、自分の妹の言動とは信じられなかった。話を盛っているか、つくっているのか、そのどちらかと思いたかった。

「そうです。もちろん外せません」

そうだろう、と納得する。

「そう言いましたら、妹さんは胃ろうからいっている経管栄養をやめてほしいと言ってきました」

「やめるとどうなるんですか？」

「ご飯をやめるという意味ですから、最終的には餓死します」

スマホが手から滑り落ちそうになった。

本当にそんな提案をしたのか。餓死をすると知っていて。父を殺すつもりでいるのか。

腹の底から、怒りがわき起こってくる。

逃げ出すなど、絶対に許せない。

顔が熱くなっていた。

怒りのために、返事も忘れていた。

「もしもし。もしもし」

「ああ、ごめんなさい」

何度も問いかけられ、困惑しながら答えた。

「それでですね、妹さんの言う通り、ご飯をやめていいものかどうなのか、確認したかったんです。ご飯に関してはご家族さまの意見を受け入れるのは可能です。ですからお姉さんの意見も伺いたかったんです。お母さまは妹さんに一任するとおっしゃってますし。お姉さんはどうお考えですか」

「どうって、そんな、突然言われても」

「こちらとしましてはご家族さまの希望なら、その意見を尊重したいと考えてます。それでお姉さまのご意見もお伺いしようと思ったんです」

「冗談じゃありませんよ！」

ソファから勢いをつけて立ち上がった。

「ご飯がいかなかったら死んじゃうんでしょう。どうして了承できますか。それって殺人になるんじゃないんですか。病院は平気でそんな真似をするんですか」

「何度も言いますが、わたくしどもはご家族様のご意見を尊重したいと考えています。お父さまはもう入院して五十日近くになります。病院での入院期間が九十日というのは、国の決まり事なので、それ以上は無理です。ですからそろそろご自宅に帰るか、別の転院先に行くか考えていただきたいとお伝えしたところ、このような話の運びになりました」

「家に帰れるんですか？　人工呼吸器をつけたままで？　それとも外れるんですか？」

素朴な疑問だった。病院で目にした仰々しい器械が、まざまざと蘇ってくる。あの器械を置く場所が、狭い家のどこにあるのか。

「外れませんが、器械をつけて家に帰るのは可能です。みなさん、ちゃんと自宅で介護していますよ」

「なら自宅介護にしますよ。妹にさせればいいだけですから。器械を置く場所はなんとかなるんでしょう？　家で実際にしている人がいるんだったら」

「妹さんは無理だと言ってましたよ」

「無理かどうか、どうして妹が決めるんですか。わたしは姉ですよ。長女です。妹には言い聞かせますから。それまでちゃんと入院させておいてください。だいたい餓死させるなんて殺人ですよ。そんな真似ができますか。よくあなたたちも言えますね。お断りですよ。今まで通りでお願いします。父はまだ生きているんですから」

「それではですね、妹さんとよくご相談をなさってください。それから今後をどうするか決めていきたいと思います。まずはご家族で相談してください」

「相談なんていりません。ただ言い聞かせるだけですよ。父は生きています。わたしが死なせません。これまで通り続けていただいてけっこうです」

有無を言わせない勢いで、言い放つ。

スマホの向こう側で相手が一瞬だけ黙り込む。

「わかりました」

ややあってスタッフは、静かにそう言った。

「続けるというのがご希望ですから、そのようにします。ですが、継続する旨を、お姉さまから妹さんに伝えていただけませんか？　自宅介護についても。これは家族間の問題になってきますので」

「わかりました。連絡をしておきますから。そちらは今まで通りにしてください」

これればかりは譲れないと強気になって、通話を切り、スマホをじっと睨みつける。

小夜子の思い通りにさせるものか。


病院との通話を切ってすぐに、家の番号を押した。こちらは留守電になっただけだった。メッセージは吹き込まず、次は旅館に電話をかけた。旅館には遠慮していたのだが、すぐに連絡を取りたいなら、こっちが確実だ。

宿の呼び出し音は長かった。やはり忙しいのだ。だが、受話器はちゃんと持ちあげられて、春子の声が流れてきた。

「ああ、穂乃果」

ひどくぶっきらぼうな口調だった。忙しくて客でもないから、愛想よく対応する気持ちが湧かないのかもしれない。

「お父さんのご飯やめるって聞いた。病院から連絡が来たよ。まさか本気じゃないでしょうね？」

　返答がなく、沈黙が流れてくる。それで充分だった。

「冗談じゃないよ。お母さんはあんな意見に賛成なの？　わたしは反対だよ。だってさ、それは殺人なんだよ。わかってるの？」

　苛立って早口になっていた。

「でもね、大変なんだよ。小夜子の気持ちをあんたも汲《く》んでやってほしい」

「気持ちってなによ。親の面倒を看るのなんか当然だよ。駄目よ、ちゃんとやんなきゃ。退院しなきゃいけないいなら、家で介護すればいいのよ」

「家で介護なんて無理に決まってるじゃないか。旅館の仕事だってあるんだから」

「お母さんがそんな調子でどうするの。わたしから言ってきかせるから小夜子を出してよ」

「今、仕事だよ」

「わかってるわよ。でも、お父さんのほうが大切なの。出して！」

　相手の立場など考えもしなかった。忙しいのは、電話をかける前からわかっている。

「客室の掃除をしてるよ」

「でも、電話くらい出られるでしょ。早く呼んでちょうだい」

「待ってて」

　受話器をどこかに置いたのか、ごつんとなにかに当たる音が響いてきた。せっかくある保留機能は使わなかったらしい。

「もしもし」

しばらくして再度電話に出たのは、春子だった。

「小夜子に用事があるのよ。かわってよ」

「今、無理だって言ってる」

「わかるけど、大切な用件じゃない。お父さんの生き死にの問題よ。お母さんはのんきだよ。早く出してよ」

鼻から勢いよく息を吐き出し、「待ってて」と渋々また小夜子を呼びに行った。だがやはり電話に出なかった。

「お母さん、なにしてるのよ。小夜子は」

「旅館の仕事がね」

「それどころじゃないんだってば。じゃ、お母さんに聞くよ。お父さんを餓死させるのをお母さんは本気でいいと思ってるの？　ご飯をやめたらそうなるんだよ」

「そりゃ、いいとは思わないけど。でも、大変なんだよ。仕事もあって、家に連れて帰れって言われたってね。別の病院を探すにしたって、近所にあるのは限られているし」

「そんなに小夜子の肩をもちたいの？　わたしの気持ちはどうなるのよ」

「でもね、その、なんていうか……」

言い訳をするつもりでいるのか、しどろもどろだった。穂乃果の気持ちを逆なでするには充分すぎる。

「小夜子を出して！」

スマホに叫ぶ。

返事をせず、受話器を置いたらしい。今度はすぐに小夜子の声が聞こえてきた。

「なによう」

不服そうに頬を膨らませている表情が、目に浮かぶ。

「なにじゃないよ。あんた、お父さんを餓死させるつもり!?」

「そうよ」

あっさりと返ってきた一言で、かっと頭に血がのぼる。

「あんた、それで平気なの？」

「仕方ないでしょう。用件はそれだけ？　そんな用で、この忙しい時間に電話かけてきたの。ばっかみたい」

乱暴に受話器を叩きつけたようだ。

「小夜子っ！」

その声は、もう小夜子には届かなかった。

困る。今、和夫に死なれては困る。どんな形でもいい。生きていてほしい。小夜子にまだまだ和夫の面倒を看させなくては。

小夜子は逃げるつもりでいる。そうはさせるもんか。

じっと虚空を食い入るように見つめる。そこに小夜子がいるかのように。

すぐにでも実家に帰りたい衝動に駆られる。迷った末に、祐一に電話をかけた。外回りに出ているのか、雑踏がスマホから聞こえてくる。

「小夜子ったらひどいのよ」

病院からかかってきた電話の内容、小夜子とのやりとりを一気にまくしたてる。

しばらくの間、祐一は黙っていた。

「ねえ、聞いてる？」

ひときわ大きくなった背後の音をかき分けるように、そう呼びかけた。

「とにかく」

ひと呼吸置いてから、祐一は冷静にそう口火を切った。

「今夜、早めに帰るから、行くのは待ってくれ。病院だって今すぐに返事がほしいわけじゃないだろう」

「そうだけど」

「じゃ、今夜はできるだけ早く帰るから」

実家に帰るのを止めた祐一が憎らしい。今からすぐに出ていけば、前橋にとまる特急電車に充分間に合う時刻だ。前橋まで行けば、あとはどうとでもなる。

スマホをリビングのテーブルに置いてから、いつでも出かけられるように荷造りだけはした。日帰りももちろん可能だが、話が長引いて帰れない場合も考えなくてはいけない。かといって一週間も十日も泊まっていたくはない。一泊分の着替えだけを詰めて、リビングの隅に置き、苛立ちながら帰りを待つしかなかった。

その日、祐一は、夕方の五時に帰宅した。約束どおり普段よりもずっと早い帰りだった。夕飯の支度が間にあわなかったほどで、さすがに驚きを隠せない。

「びっくりした」

キッチンで野菜を切っていた穂乃果は、包丁を持つ手を止めて、スーツ姿の祐一に見入っていた。

「直帰した」

なるほど、と納得しながら、そういえば家庭内別居をする前はこの時間に帰ってきていたのを思い出した。突然、普段の行いを怪しく感じた。いつもはどこかに寄ってきているのか、本当に仕事で遅いのか疑問が湧いた。

「夕飯はいいから、ちょっと来て。ちゃんと話そう」

ネクタイを緩めながらリビングのソファに座り込んだ祐一の向かい側に腰をおろす。

「昼の電話の内容だけどさ」

不愉快そうに、口元を歪めている。誰だってそう感じるはずだ。なにしろ小夜子は人殺しを遂行しようとしている。気分のいい話ではない。

「自分の父親を餓死させようなんてひどすぎるでしょう？　電話じゃらちがあかないし、わたし、直接行って話し合ってこようと思うの。ちゃんとしないと、このままじゃ、お父さん、小夜子に殺されるわ」

身を乗り出し、拳をつくってふりあげ、テーブルをどんっと叩いた。振動が膝にまで伝わってくる。

祐一は黙って、両手を組み合わせ、その上に顎をのせている。

「あなたもそう思うでしょ。おかしいと思うでしょう」

同意を求める。だが祐一は首をたてには振らなかった。黙っていた挙句、口を開いたが、期待した返事ではなかった。

「まあ、いろんな考えがあるんだよ。入院したのは十月だろう？　家族だって疲れるよ。見舞いに行くだけだって、家から小一時間はかかるだろうし。旅館の仕事をして、その合間に行くんだからね」

息を吐き出すように、ゆっくりと丁寧に言った。

「それじゃ、小夜子の意見に賛成なの？　お父さんを餓死させるのに賛成するの？」

さらに身を乗り出す。

「そうじゃない。賛成とかじゃない」

「あなたはわたしの親だから、どうでもいいと思ってるんでしょう」

「そうじゃないけどさ、いろいろ事情があるんだろうよ。入院も長引けば金だってかかるし。うちは金も出してないし、見舞いだって行ってないしさ、悪いなとは思ってるんだよ、俺も。見舞いくらい行くのが筋だと思ってはいるけど、おまえが止めるし。不義理してさ、申し訳なく思ってるんだよ。この前母さんにも言われたけどさ」

「見舞いに行けば、タダ、手ぶらってわけにはいかないんだからいいのよ」

「そう言うから今まで行かなかったけど、やっぱりよくないよ。それに小夜子さんだって疲れてるんだよ。その疲れっていうのは、介護してる人にしかわからないと思う」

「介護もなにもお父さんは病院に入院してるじゃない。なんにもしてないじゃない」

家にいるのならともかく、和夫は病院で寝たきりになっている。自分で直接看ているわけじゃない。

「それでも一応介護になるんじゃないのかな？」

「これからするのよ。退院してくれって言われたんだから」

「それだよ。誰が面倒看るんだよ」

鼻の穴を膨らまし、祐一はわざとらしく息を吐き出した。

「小夜子でしょう」

「無理だよ」

「どうしてよ。無理じゃないわよ。どこの家だってやってるじゃない。病院の人だってできるって言ってた」

「じゃ、おまえはできるのかよ」

さらりと返された。

「わたしはできないんじゃないの。やらないの。いい？　家に残ったのは小夜子なの。家に残った人が親の面倒を看るの。わたしは外に出た身の上よ。どうしてわたしがするのよ。ばかばかしい」

大袈裟に両腕を広げ、天井を仰ぐ。

「おまえはできる、できないの前に、やる気がないじゃないか。それなのに小夜子さんに押し付けるのかよ。ずいぶん勝手な言い草だな」

「なによ、小夜子の味方をするつもりなの」

「俺は数回しか彼女に会ってないよ。それだっていつも旅館が忙しくて、ろくに会話もしてないじゃないか。味方をするもなにも、俺にとったら、全然知らない人だよ。申し訳ないけど」

「じゃあ、なおさら黙っててよ。赤の他人が脇からごちゃごちゃ言わないで」

こめかみに指を当てる。実際、少しばかり頭が痛んでいた。

「なら、最初から相談なんかするな。勝手にしろ」

いきなりソファから立ち上がり、そのまま真っすぐに玄関に向かっていった。

「どこに行くのよ」

慌てて腰を浮かせてあとを追う。

「仕事。放り投げて帰ってきたんだぜ。それなのにそんな言い方されてさ、たまんないよ。続きをしてくる。今夜は帰らないかもしれないから」

叩きつけるように言うと、祐一は大きな音を立ててドアを開けて出て行った。

一人残され、穂乃果は奥歯を嚙み締める。

誰も頼りにはならない。


春子と連絡を取った翌日、朝一番の電車に乗り、実家に帰った。祐一は結局帰宅せず、なにか言われるのもいやで、電話もしなかった。

旅館の駐車場に車が二台停まっている。他県ナンバーだ。

二台の車を横目で見つつ、家の中に入った。旅館の玄関と家の玄関は、それぞれにある。客が使用する旅館の玄関は当然だが避けて、家のほうから三階にあがったが、二人とも旅館に行っているらしく、居間には誰もいなかった。

こたつのスイッチを入れ、その中に足を突っ込む。

こたつが暖まったころ、春子が姿を見せた。

以前会ったときに比べて、またひと回り小さくなった気がした。

「ずいぶん早く帰ってきたんだね」

柱にかけられた時計に目をやってから、朝だというのに、疲れ切ったように首をうなだれた。

「始発の電車で来たからね。そりゃ、飛んでくるでしょ」

「ああ、うん」

春子にとってはどうでもいいのか、気のない返事だった。

「お母さん、ちょっとしっかりしてよ。ちゃんとしてよ、ちゃんと！」

歩き方は、ひどくゆっくりだった。

膝が痛むらしく、途中で何度も止まっては、手のひらで擦《さす》ったりしている。

「お茶でも淹れようか」

そう言って、台所に行こうとした春子を制した。

「いらないわよ。それよりも小夜子はどうしたのよ」

「どうしたって」

しきりに膝を擦っている。

「そりゃあ、旅館の仕事をしてるよ。お客の食事が済んだら片付けるとか。もたもたしていれば、すぐにチェックアウトの時間になるし」

「そんなのわかってるわよ！」

ひどくのんびりとした口調も、ひっきりなしに膝を擦る動作も穂乃果の癇《かん》に障《さわ》る。

「わたしはね、話し合うために来たのよ。小夜子がここに来てくれなきゃ意味がないのよ。お母さん一人じゃ駄目なの。小夜子がいないと駄目なのよ。三人でよくよく話し合わなきゃ」

駄目、という部分を強調した。

春子の視線が落ち着きなく動いている。下にいる小夜子を気にしているのだ。

「とにかく待っててちょうだいよ」

のっそりとした口調が、穂乃果の気持ちをかき乱す。

「待てって何時まで？」

「だから旅館の仕事が落ちつくまで」

「待てないわよ。そんなの待ってたら何時になるのよ。冗談じゃないよ。ちゃんと時間をかけて話したいから、こうして始発に乗って早くから来たのよ。肝心な言い出しっぺの人がいないで、どうやって話をするのよ」

うんうん、と春子が小さく首をたてに振っている。

白髪の目立つ髪が、ふわふわと頼りなげに揺れた。

「わかるけどね。その、ここは旅館で、客は来てるし。予約も入ってるし。しなきゃならない仕事は次から次へとあるし。お父さんが入院してて、小夜子が今は一人でがんばってる感じだから」

「お母さんがいるじゃない。労働力は二人でしょ」

「わたしはね」

膝を擦り続け、上目遣いに穂乃果を見ている。その瞳にはなぜか怯《おび》えの色合いが浮かんでいる。

「膝が最近悪くなって。近所の医者が言うには、水がたまっているんだって。だから定期的に水を抜いてもらうんだよ。だからその、思うように仕事もこなせなくてね、今は食事の支度くらいしかしてないの。ほかの掃除やら布団の上げ下ろしなんかの力仕事は全部小夜子にやってもらってるんだよ。車の運転ももうしてないし」

申し訳なさそうに、目を伏せた。

「そりゃ、年だもんね」

「だから小夜子の負担が大きくなっていてね」

「それとこれとはまた話が別よ。とにかく早く呼んできてよ」

「まあ、もう少し待っててよ」

膝を擦っていた手を止め、のっそりとした歩き方で、家族の台所に移動した。

膝は確かにだいぶ悪いらしく、足を引きずっている。

春子の全身が、年を取ったと訴えていた。

お茶を淹れた春子は、穂乃果の前に湯飲みを置き、膝を立てながらしゃがみ込んだ。熱いお茶を口に含むと、川音に混ざって、車のエンジン音が聞こえてきた。

「帰ったんだ」

湯飲みを両手で包み込み、ぽつんと春子がつぶやいた。

「お客さん？」

「うん」

「じゃあ、もうあがってこれるね」

「まだもうひと組いるからね」

静かにそう言うと、こたつに手をついて立ち上がった。

「様子を見てくるよ。早く話がしたいんだろう」

「もちろん。そのために来たんだから」

緩慢な動きで台所に行き、湯飲みをシンクに置くと、壁に手をつきながら階段を降りていった。

呼びにいったはずの春子は、なかなか戻ってこなかった。もちろん小夜子もやってこない。辛抱しきれず、結局三十分ほど待って、下に降りた。客室の廊下では、すぐ脇を流れる川音だけが、絶え間なく響いていた。都会にいては得られないこの静かな時間に触れたくて、客はわざわざこんな田舎の町まで来るのかもしれない。

静かすぎる廊下を歩き、一階にある旅館用の台所に行くと、春子が洗い物をしていた。

「お母さん、小夜子を呼びに行ったんじゃなかったの？」

シンクに覆い被さっていた背中がかすかに震え、顔だけを後ろに捻じ曲げた。

「ああ、うん。そうなんだけど。食器がたまってたし。なんでもやらせるのはかわいそうだから」

シンクの中は近くまでいって確認するまでもなく、汚れ物で溢れていた。春子でなくても片付けたくなるのも無理はない。

「小夜子は？」

「露天風呂の掃除」

「掃除ですって？　そんなのあとまわしにさせなきゃ駄目じゃない。なにしてるのよ、もうっ」

くるりと向きを変え、建物の裏手にある露天風呂に歩を進めた。

川に面して、露天風呂はある。普段は湯が溢れているが、今は石でできた空っぽの浴槽があるだけだ。

いつだったかこの露天風呂が雑誌に載ったと、喜んで和夫が電話をかけてきた。子供みたいにはしゃいでいた。以来、この露天風呂を目当てにしてやってくる客も増えたという。

小夜子は浴槽の中に立っていた。黒い長靴をはき、ホースから水を滴《したた》らせている。

「いつまで待たせるの」

浴槽の縁《ふち》に立って、大きな声で呼ぶ。川音に負けまいとして。はっきりと聞こえるように。

答えがない。ホースの先を握ってあちこちに水をかけている。

「小夜子っ！」

叫んだ瞬間、ホースの先が向けられた。だが水は、穂乃果まで届かなかった。

「話があって来たのよ」

水をかけられてはたまらないと、一歩後ろに退いた。

「うん、ああ、そう」

ホースの向きを変え、別な場所を流し始める。

どこまで人を無視し、コケにすれば気が済むのか。

「だから掃除はあとにしなさい」

川面を撫でた冷たい風にあおられ、スカートと髪が舞う。

「無理よ。今やらなきゃ。ほかにも仕事はあるんだし、湯を溜めるのも時間がかかるんだから」

ホースを投げ出し、かわりにデッキブラシを摑むと、床をこすりだす。

腰を曲げて、両腕に力を入れて。慣れた手つきに、それが毎日の仕事だと、なにも言わなくても伝わってくる。

「どうとでもなるでしょう。掃除くらい」

足元が濡れるのを覚悟して、スリッパで浴槽に降り立った。布製のスリッパは、すぐに水を吸い込み、風に吹かれ、つま先が冷たくなる。

「あとにしなさい」

遠慮なしにそばにより、手首を摑んだ。だが小夜子は自分の動きを止めようとはしなかった。前後に引きずられるように、穂乃果の手も動いた。

力は断然小夜子のほうが強い。旅館の仕事がいかに肉体労働であるか、腕の力が教えてくれる。

「あとにして。今は駄目」

顔色一つ変えずに言う。

「遠くから来てあげたんだよ。茶のひとつも出して、お菓子の用意をするのが筋ってもんでしょう」

「来てなんて頼んでない」

むすっとした表情で、小夜子は一心不乱にこすり続ける。

「誰に向かってそんな口きいてんのよ。わたしは姉だよ」

ぴたりと動きを止め、両目をつり上げた。

「姉だったら、姉だって言うんなら、旅館を継ぐのは穂乃果の役目だったじゃない。わたしはね、穂乃果のかわりに継いでやるんだ。それがなんだよ、好き勝手に帰ってきて茶を淹れろだの、菓子だの。食べたきゃ、店で買ってくればいいじゃない！」

デッキブラシを浴槽の床に叩きつけ、ごんっと鈍い音が響く。

「小夜子のせいで旅館を継げなくなったんだよ。あんたがその昔わたしにした仕打ちを思い出しなさいよ」

「蛇《へび》か。そのしつこさ」

「なんとでも。さあ、早く来なさい。話があんだから」

「わたしにはね、今、旅館が一番大切なんだよ。仕方ないでしょう。ほかにやる人もいないし、お父さんは入院しちゃって、働かなきゃ金も入ってこない。人を雇えば赤字になるし。生活が厳しいだけじゃない、入院費だって払えなくなるんだから。病院からは個室にいてもらわないと看護できないからって言われてさ。その支払いだけだって大変なんだから。いくらすると思ってんのよ。一日八千円だよ。ひと月の金額を計算してみなさいよ。ほかにオムツ代やらご飯代やら。生きている限り、金はかかんだよ。なんにも知らないくせにさ。邪魔だよ。話ならあとで聞くから、あっち行ってよ」

「きゃんきゃんと吠えてばかりだねえ。ポメラニアンか。ま、待ってやるよ。しっかり風呂掃除しなさいよ。客が来るんだろう。来なきゃ食べていかれないもんね」

甲高く笑いながら、その場から立ち去った。

ちらりと見れば、小夜子が悔しそうに唇をぴくぴくと痙攣《けいれん》させている。

なにごともなかったように、穂乃果はその場から立ち去った。

足をこたつに突っ込んで待ちながら、いつのまにか寝てしまったらしい。どすどすと音をたてて、階段をあがってくる足音で目を覚ました。

頭をまたぐようにして、小夜子が仁王立ちしている。

「いいご身分ね。こたつで転寝なんて、わたしはもう長い間してないわよ。お母さん、お茶の支度をして」

そう言いつけると、自分は冷蔵庫から漬物を取り出した。白菜やかぶの漬物が盛られた皿を乱暴に並べ、茶わんにご飯をよそうとこたつの上に置いて、座り込んだ。

お茶の支度を終えた春子もそれに続き、二人でご飯の上にお茶をかけ、漬物をのせている。

「それでなんだって？」

お茶漬けをすすりながら、小夜子は不機嫌さを露わにした。

　腹がすいているのか、それとも時間がないのか、ひどく乱暴で汚らしい食べ方だった。

「ちょっと、それが昼ご飯なの？　もうちょっとなんとかなんないの？　わたしはいやよ、そんなの食べないからね」

　せわしなく動かしていた小夜子の手が止まる。ちらりと穂乃果を見ると、すぐにまた箸を動かし始める。

「穂乃果の分なんかそもそもないのよ。食べたきゃなんか買ってくるなり、店に行けばいいじゃない。蕎麦《そば》屋だったらすぐ近くにあるんだから」

　喉元を押さえて、吐き出すしぐさをする。べろりと舌も出した。

「やだやだ。温泉町っていうと蕎麦屋よね。わたし、嫌いなんだよね、蕎麦。ここに住んでるとき散々食べたから」

　この町に住んでいたころ、外食、出前と言えば蕎麦だった。町に蕎麦屋しかなかったからだ。今はほかの店もあるが、それはごく最近オープンしたばかりだった。

「じゃ、家に帰って食べなさいよ。どうせ泊まらないでしょ。帰るんでしょ。いいわねえ、この町以外に住んでいる人はさ、帰れる場所があって」

　ぽりぽりと漬物をかじる音が響く。

「で、なんなのよ、話ってさ」

「病院から電話がかかって来たわよ。人工呼吸器を外したいとか、それが駄目なら流動食をやめるとか。どういうつもりなの？　本気でお父さんを餓死させるつもりなの？」

　茶わんの底を持って、小夜子は懸命に箸を動かしている。空になった茶わんに、お茶を注ぎ入れた。

「本気よ」

「本気って」

息を呑む。小夜子は平然としている。

「殺人をするわけ？」

「そうじゃないけど。仕方ないでしょう。なかなか死なないんだもん。死ぬどころか、死ぬ気配すらないんだから。挙句の果てには入院できるのは九十日までで、お国の決まりだからって、病院から脅しをかけられて。たまんないよ。それも入院した当初からずっとだよ。今は入院と同時に退院先を決めて準備していくからとかなんとか言ってさ。見舞いに行くたびにどうなってるんだと責め立てられてごらんなさいよ」

ず、と音をたててひと息にお茶を飲み干した。

「それで？　話ってそれだけ？」

「やめてほしいの。餓死なんて恐ろしい」

「恐ろしい？　本気でそう思ってるの？」

「当たり前じゃない、思ってるよ。わたしはね、お父さんが心配でならないの」

「じゃ、穂乃果がなんとかしてよ」

茶わんを置くと、穂乃果に一瞥《いちべつ》をくれる。

「なによ、それ？」

「お見舞いに行ってよ。でもって洗濯物を取ってきてよ。きれいな浴衣を置いてきてよ。先生の話も聞きに行ってよ。ついでに自分の近くの病院に転院させてよ。そうでなきゃ穂乃果の家に連れて帰ってよ。全部やってよ。そしたら好きにすればいいし、できるじゃない。入院費もしっかり払うのよ」

「ちょっと待ってよ」

慌てて穂乃果は口を挟む。

「わたしはね」

「遠くにいるからなにもできません、でしょ」

自分が言うよりも早く、小夜子に言い返された。

「いいわね、遠くにいる人は。家庭を持っている人は。それで片付けられるんだから」

「事情はどうあれ、小夜子は家に残ったんだよ。親の面倒を看るなんてのは当たり前なんだよ。いまさら、なにごちゃごちゃ言ってんだよ」

「好きで残ったんじゃない！　押し付けられたんだ。いい加減うんざりなんだよ」

頭を左右に振りながら、駄々っ子のように叫ぶ。

「逃げ出すつもりだね？」

穂乃果はじっと小夜子を直視する。

「逃げ出してどこがいけないの？　わたしだって自由になりたい。こんな旅館なんかいらない。親の面倒も看たくない。穂乃果が逃げたから仕方なくやってきたんだ、もう二十年近く。それを責められる覚えはないっ！」

目に涙が張り付いている。

本音が迸《ほとばし》ったのだ。だが穂乃果がここにいられなくなったのは、ほかでもない、小夜子が原因だったのに。

「そういうのを負け犬の遠吠えっていうんだよ。ばーか」

「なんですって」

摑みかかろうとしたのか、小夜子の腰がふわりと持ち上がった。そこまでだった。

「やめておくれ」

それまで黙っていた春子が、口を挟んだ。

「なにを言い争ってんだ。なんで仲良くしないの。二人しかいない姉妹なのに。協力してやっていけばいいじゃないの。介護だって一人じゃ大変だけど、二人でやればなんとかなるじゃないの。なんでできないの。二人で寝たきりのお父さんを押し付け合わなくてもいいじゃないか」

う、と春子は苦し気に息を吐いて、泣き出した。顔を背け、手の甲で涙を拭っている。

「好きで姉妹になったんじゃないわ。お父さんを押し付けてもいない。ただ大変だって言ってるだけ」

低音で小夜子は言う。

「こっちのセリフよ。わたしだって大変なんだから。それにわたしがどれだけ傷ついたと思ってんのよ。おかげでこの町にもいられなくなってさあ。旅館も継げなかったんだ。全部、小夜子が原因なんだよ。わたしがここから逃げ出さなきゃならなくなったのも、小夜子のせいなんだ！」

突然、わーっと声をあげて春子が泣き出した。

春子の泣き声が部屋を満たす。

「復讐はいつまで続くの？」

泣き声に混ざって小夜子の声が聞こえた。

唇の端っこを持ち上げて、穂乃果は笑う。

「永遠にだよ。あんたが生きている限り」

かっと小夜子の両目が大きく見開く。

「いやな女だね、あんたって」

「小夜子に言われる筋合いはない。とにかくお父さんの面倒はちゃんと看なさい。餓死させるなんて論外よ。自分が楽をしたいために、死なせたいんでしょう。はー、やだやだ」

「違うよ」

目をそらさず、小夜子は懸命に弁解を繰り返す。なにをどう言おうと、穂乃果の耳には言い訳としか響かない。

「あんたは大変さを知らないんだ。やってみなさいよ。自分の近くの病院に入院させて、面倒看てごらんなさいよ。どれだけ重労働かわかるから。早く転院先を探して連れて行ってよ」

「冗談でしょう。親の介護なんてのはね、家に残った者の宿命よ。当然よ。しっかりやってちょうだいよ。今まではほったらかしにしてたけど、これからはきちんとやってるかどうか定期的に見にくるから」

小夜子の全身がぶるぶると震え始めた。

「監視する気？」

春子は泣き続けている。

「しっかりやりなさいよ」

小夜子は黙っていた。言い合いでは負けると悟ったのか、もうなにも言わなかった。

「お母さんも泣いてばっかりいないで、ちゃんと監督してよ。お母さんがちゃんとしないから、小夜子だって好き勝手言うようになるんだから」

「だけど、小夜子は旅館の仕事をして、病院に行って大変なんだよ。わたしは気の毒で、かわいそうで……。ここに残ってくれたのだって、お父さんがどうしても自分の代ではつぶしたくないからって、小夜子はその気持ちを汲んでくれたんだよ。穂乃果だって知ってるじゃないか。話し合いの場にいたんだから。やさしくていい子じゃないか。こんなやさしい子になにもかも押し付けるなんて、わたしにはできない」

春子が鼻の下をこすりながら顔をあげると、涙で頬が光っている。

「泣いたって許されないし、だけどもへちまもないの。わかった？　お母さん」

春子から小夜子に視線を移す。

「わかった？　小夜子ちゃん」

穂乃果は顔を斜めに傾げて、下から覗き込む。

「わからないわよ。もうなにもしたくないっ。旅館の仕事も、お父さんの面倒も。なんにもしたくないっ！」

小夜子は首を振り続ける。ただなにもしたくないと繰り返し、転院させろ、そっちの家の近くにつれていけとわめき散らしている。

どんなにわめこうが叫ぼうが、穂乃果の気持ちは動かない。


ひとしきり騒ぎ立てると、小夜子は唇を固く結んでその場から去っていった。

「お母さん、お茶を淹れなおしてよ。なんなのよ、あの子。自分の役割を理解してないんじゃないの。ここを出ていきたければ、さっさとどっかに行けばよかったのよ。それを今になってぐずぐずとさ。みっともないったら」

ぼそぼそと泣いている春子の前に、湯飲みを突き出すと、両膝に手を当てて立ちあがり、新しくお茶を淹れて戻ってきた。

「そうは言ってもね。あの子はやさしい子だから」

掠《かす》れた声で、静かにかばう。

「それじゃわたしがやさしくないみたいじゃないの」

「そうじゃない。あんただっていい子だよ。いい子だけどね」

両手で湯飲みを包み、その縁を撫でている。

「なによ。お母さんも一緒になってわたしにお父さんの面倒を看ろっていうの。筋が違うでしょ、筋が。お母さんだってあの子がなにをしたのか、知らないはずないでしょう」

びくん、と小さな体が反応する。

「忘れられないの？」

探りを入れるように、見つめられる。

「忘れるですって？　冗談じゃないよ。わたしはね、心も体も傷ついたんだよ。忘れるなんて、小夜子を許すなんて、できっこないじゃないか。この町にいられなくなったのは誰のせい？　この旅館を継げなくなったのだってあの子のせいだよ。悪いのはあの子じゃないか。それを今になってなに言ってんのよ」

穂乃果がそう言うと、春子は視線を湯飲みに落とした。

「無理よ、忘れられない」

そう吐き捨ててから熱い湯飲みに息を吹きかけ、お茶をすすった。出がらしだったのか、香りもなにもないお茶だった。

春子はティッシュで洟と涙を拭いた。

「実はね、あの子、小夜子に縁談が来てるんだよ」

ためらいがちに、おずおずと口を開く。

「縁談？　まさかと思うけど、高崎の男とよりが戻ったの？」

寝耳に水だった。

「いや、違う。ほら、穂乃果も知ってるよ。酒屋の息子、富谷《とみがや》の弘之。あんたと同い年だろう？　うちの旅館に酒を卸してくれてるじゃないか。もう何十年も」

小夜子の結婚相手に、弘之の名前があがるとは想像もしていなかった。

「そう、弘之がね。小夜子は今年三十九歳だから、妊娠したいならリミットぎりぎりね。弘之も今年四十一歳になるし、早く子供もほしいんだろうしね。いいんじゃないの。勝手にすれば」

そう、勝手にすればいい。二人が結婚しようがどうしようが、もはや穂乃果の知ったことではない。ただ人並みに幸せになろうとする小夜子は許せないが、相手が弘之ならまた話は別だ。言ってみれば、弘之は足かせだ。小夜子をこの町から逃げ出させないための。

「いいわよ。好きに結婚すれば」

実際笑いながら、そう答えた。

ほっとしたような笑みを、春子は浮かべる。

「そう言ってくれると思ってたよ。弘之のほうからなるべく早いうちにって言ってきたんだよ。わたしとしては、小夜子は高校を卒業してから、一度も家を出て行かないで、黙って旅館の仕事を手伝ってくれてたしね。それで、まあ、恋愛ごとにも縁遠くなってしまって申し訳なく思っていたから、いい話だと思うの」

「お父さんの面倒は二人でちゃんと看るんでしょうね。でなければ駄目よ」

すましてお茶を飲む。

「もちろん。それは大丈夫。弘之もちゃんと理解してるから。お父さんが倒れる前から、商売とは別にうちに出入りしててね、ここ何年かいい酒飲み友達だったんだよ。それでお父さんも気に入ってたんだよ」

「いいんじゃないの？　この町の男なら文句ないわよ。破《わ》れ鍋に綴《と》じ蓋《ぶた》って感じだけど、お似合いね」

「あんたの言い方は悪いけど、いい話だと思ってくれるんだね。弘之は酒屋よりも旅館のほうを優先してもいいって、言ってくれてるしね。のちのちは酒屋と旅館を一緒にしようと考えてるみたいだし。まあ、そうなるとあとはふたりに任せてって感じになるだろうけど」

「わたしはお父さんの面倒さえ看てくれればなんの文句もないわよ。弘之と結婚すれば、あの子は永遠にここから出ていけないしね。わたしとしてはこの町から連れ出して、お父さんを捨てさせる男より、素直に喜べるわ」

さも楽しくて仕方ないというように、穂乃果は唇に手を当てて笑った。

地元の男と結婚すれば、いやでもこの町に閉じ込められる。和夫からも逃げられない。弘之が一緒になって面倒を看るというのなら万々歳だ。

「そう言わないで。それでね」

春子は湯飲みをぎゅっと握りしめた。

「そのせいもあって、その、お父さんに早く死んでほしいって、そう思ってるんじゃないかと」

いやいや、と慌てて春子は手を振る。

「まったくの想像だよ。けどね、このまま結婚すれば、寝たきりのお父さんは弘之にも迷惑をかける。その、お金以外にも。それで小夜子は気にしてて。ちゃんと進めたいから、結婚したいから今回の話を切り出したんじゃないかと。もちろんこれは勝手なわたしの想像だけど」

春子は申し訳なさそうに、首を垂れた。

そう言われれば、はっきりと否定できない。むしろ正当な理由に思えてくる。けれどあまりにも勝手な考えだ。

「いくらなんでもそれはひどいでしょう」

バッグを摑んで立ち上がった。

「弘之の店に行ってくる」

バッグを肩にかけると、一直線に階段を駆け降りる。部屋の掃除をしているのか、小夜子が掃除機をかける音が、旅館の中に響いていた。

そのくらい小さな旅館だった。祖父母の代から大切に守ってきたと和夫は誇らしげだったけど、穂乃果にはいまやなんの関係もない。

小さな旅館は、穂乃果が外に出て、となりの建物と見比べると本当にみすぼらしかった。となりに建つホテルは新しく、この町で一番高い建物だった。それだけ大勢の客を収容できる。大きな規模の旅館が家族経営のはずもなく、株式会社となって運営している。

ホテルから目を逸らし、バッグをかけなおして川沿いに町のメインストリートをのぼっていけば、酒屋「富谷」はある。その昔は日本酒と焼酎、ビールくらいしか販売していなかったが、時代の流れに沿ってワインや缶チューハイも置きだした。ついでにスナック菓子やちょっとした酒のあてでも並べるようになった。

店は昔ながらの小さなつくりだったが、酒瓶は棚や冷蔵庫にぎっしりとつまっている。

不用心にも、店先には誰もいなかった。

「ごめんください」

奥に向かって声を張り上げると、少しの間があって、紺色の暖簾の間から弘之が顔を覗かせた。

「なんだい、穂乃果じゃないか。久しぶりだな。前回会ったのは、去年か？　いや、その前か」

冬だというのに真っ黒に焼けた頬を、弘之は緩ませた。穂乃果を見ている目が細くなる。

「この間、去年の十月に帰ってきたときに、家に行く前にここに顔を出したわよ。もう忘れたの？　呆けたんじゃない？　まあ、いいわ。話があんのよ。あがっていい？　客もいないようだし」

がらんどうの店の中をぐるりと見まわす。

「いいよ。こっちも話があったんだ」

弘之の脇をすり抜け、家にあがるとテレビがつけっぱなしになっている。みかんを食べていたのか、こたつの上に皮をむかれた半身が転がっていた。

「もうかってないの？」

こたつの布団をまくって、両方の膝をすすめた。

「ばか言うな。もうかってるよ。最近はさ、ネット販売も好調でさ。近所の旅館やホテルとも契約して卸してるし。お茶でいいかい？　それともビールにするか？」

かかか、と大きな口を開けて、無防備に笑った。

「昼間から飲まないよ。それよりも座ってよ」

こたつ布団をぽんぽんと叩く。

「じゃ、食べかけで悪いけど、みかんでもどうぞ」

一度手のひらに包んだみかんを、目の前に差し出した。食べかけのみかんに、礼は言わなかった。かわりに手を伸ばしもしなかった。

「小夜子のことかい？」

真顔で尋ねてきた。黙ってうなずく。

「まあ、そうだろうな。それしか考えられないもんな、うん、そうだ」

照れ臭いのか、後頭部を掻いている。

「あとであいさつに行くつもりだったんだ。親父さんは入院してるし、おふくろさんは小夜子がよければばって言うだけだしな。そうなると残るのは穂乃果だからさ」

「わたしはいいのよ。もうみんな大人だし。本人の気持ちに任せるわよ。それにあの子がこの町の人なら誰と結婚しようが、正直勝手にどうぞって感じだしね。それよりも、あんた、あの子と本当に結婚するの？　性格悪いよ、あの子。態度だってよくないしさ。今なんかさあ」

待った、と弘之は手のひらを広げる。

「自分の妹だよ。そこまで言うか。ものにはほどってのがあんじゃねえのかよ。だいたいよ、小夜子はいい子じゃねえか。昔っからよ。小さいころから可愛くてさ、町の人気者だったよなあ。あんないい子がこんな年まで嫁に行かなかったのが信じられないくらいだよ」

腕を組み、うんうんと弘之はうなずいている。

「よかったわね、そういうかわいい子と結婚できて」

「嫌味っぽいなあ。それとも僻みかよ」

「どうせわたしは昔から可愛げのない女ですよ」

「そういう一言が可愛げをなくしちまうんだよ。穂乃果には穂乃果のいいとこがあんだからよ。だから旦那も結婚したんだろ」

「どうだかね」

「なんだ、うまくいってねえのか？」

「さあ」

うまくいっていれば、寝室は今でも一緒だったはずだ。

「他人の心配より、自分の心配しなさいよ」

「なんだよ、そりゃあ」

弘之の頬が不服そうに膨らむ。

石油ストーブにかけられたやかんが、しゅんしゅんと音を立てていた。

湯が沸き、白い湯気がたっているからか、そのむくれた顔が少しかすんで見えた。

「わたしが心配してるのはね、あんたたちの結婚じゃあないのよ。正直、あんな子と結婚しようとしてる、あんたの頭の中は疑うけどさ」

「言いすぎだぞ」

本気で怒っているのか、表情が強張った。

「今、言っとかないとさ、あとでのしつけて返されても困るから。お父さんが入院してるでしょ、うち。それもあるし」

穂乃果は頬にこぼれた髪を指ですくって、耳にかけなおした。

「それは百も承知だよ、もちろん。二人で面倒を看るつもりでいるさ。それは心配しなくていい」

あら、と両目を見開く。

どうやら餓死させようとしている件に、弘之は関係がなさそうだ。

「そうだったの。わたしね、ちょっといやな話を聞いたから」

「いやな話もなにもずっと寝たきりなんだろう？　よくならないって小夜子は言ってたぜ」

家で聞いてきたいきさつを、弘之にも包み隠さず話す。

「おいおい、冗談だろう」

心底驚いている様子で、弘之は目を白黒させている。

「いくらなんだってそれじゃ、ひどすぎるじゃねえか。ろくに見舞いにも行ってないけど、人が死んで喜ぶやつなんかいねえだろうよ。それよか早く入籍して安心させてやりたいよ、本気だぜ」

「あら、そうだったの。わたしは弘之もひと役買ってるのかと思ったんだから」

「それはないって」

「なら小夜子を説得してくれない？　ばかな考えは捨てるように」

こたつに両肘をついて、詰め寄った。だが弘之はすぐに返事をしなかった。答えに窮しているのか、じっと考え込んでいる。

「駄目なの？」

態度が拒否しているように見えて、穂乃果は少しばかり心細くなった。

「そうじゃねえよ。そうじゃねえけどさ」

弘之の口調が重くなる。

「じゃあ、なんなの？」

「一応話はしてみるけどさ。それってさ、小夜子が必死で考えて、その結果だろう？　それを止められるかどうかは疑問だよ」

「なんで？」

「このあたりの連中は、みんな小夜子を誉めてる。旅館組合の会合だってきちんと出てくる。親父さんの面倒も看てる孝行娘だって。その、言っちゃなんだけど、東京に行ったきりの穂乃果とは違うって。みんな比べてんだよ」

「そんなのはいいのよ。本当なんだから」

そう答えながら、穂乃果は少しばかりショックを受けた。町の人たちは、陰で穂乃果を責めているのだ。逃げ出さなくてはならなくなったのも、そもそも小夜子があの男を連れて来たからだ。もう忘れてしまったというのか。いや、忘れはしない。あれだけうわさになったのだから。今はただ見えなくなっているだけだ。

悔しさもあるが、ここで反論しても、弘之一人に言ってみても、なにもかわらない。

「俺もさ、小夜子の大変さっていうのはわかるんだよ。わかるからこそ、まあ、結婚して少しでも楽になればいいなと思ったんだよ。もちろん、小夜子も好きだしさ。だからこそ、小夜子の行動や決めたのを止めるのは難しい気がするんだ」

「だからと言ってね、なんでも許されると思わないでよ」

「うん、わかる。穂乃果の言いたいのも。でも、やっぱり穂乃果の言葉は遠いんだよ。恰好《かっこう》だけつけてるように聞こえてくる。俺には小夜子の叫びが聞こえてくるよ。必死になってもがいてるのが見えるよ。だからさ、なんていうか、正直、止める自信はあんまりないよ」

弘之の指先が、たたみを掻いていた。

「春になったら」

「うん？」

「春になって、旅館が忙しくなるゴールデンウィークの前に入籍しようかと思う。式とかそういうのは、また別にして」

「ご勝手に。お父さんの面倒さえ看てくれればなんの文句も言わないわ。それと小夜子をあんまり幸せにしないで。適当に浮気でもなんでもご自由にどうぞ」

ふう、と唇をすぼめて、弘之は息を吐き出した。

「呆れたな」

穂乃果は表情を緩めた。


車の窓から見える景色は、ところどころ雪が残っていた。山のてっぺんは、すっぽりと白い雪で覆われている。

何度も見送りはいらない、と丁重に断ったのに、弘之は駅まで送ると言って譲らなかった。

カーステからは、八〇年代のアイドルの歌が流れている。ラジオ番組の特集だった。

「本当に買い物があったの？　ま、こっちは助かったけどさ」

遠くなりつつある白い山を目で追いながら穂乃果は尋ねた。

「そうだよ。何度も言わせるなよ」

「それならいいけどさ」

年老いた弘之の母親が、出ていく弘之と入れ替わりに店番を始めた。

記憶にある母親とは、まるで様子が違っていた。背中も曲がっていたし、顔はしわだらけだった。化粧をしていないのも手伝ってやけに顔が黒く、それが年齢をさらに上に見せていた。

「いいんだよ。おふくろだってさ、今でも毎日店番するんだし。ちょうど交代の時間だったんだ」

真実なのかどうなのか、その表情からはなにも読み取れない。

「でも、助かったわ。バス代も浮いたし」

たいした金額ではないにしても、素直にうれしい。

「だろう。年々バス代も上がってるよ」

「確かに」

わずかではあったが、以前に比べて料金が高くなっていた。数少ない地元民と観光客だけでは、バス会社も路線を維持していくのは難しいに違いない。

三十分ほど車に揺られ、中之条駅のロータリーで車が停まった。ロータリーと言っても、タクシーも自家用車も駐車していない。

「ありがとう。本当に助かった」

車を降りる前に、礼を言った。

「気にすんなって、ついでなんだから。それよりもその、小夜子をあんまり責めないでやってほしい」

「責めてなんていないよ」

はっきりと否定する。受け取る側がどうであれ、言うほうは本当に責めてなどいない。そのかわり憎しみはある。もうずっと消えない。

「うん。なら、いいんだ。小夜子だってさ、辛いんだと思うよ。そういう気持ちを汲んでやってほしい」

穂乃果はじっと弘之の瞳を凝視する。

「昔、あの子がわたしに何をしたか、忘れたの？」

弘之はハンドルから手を離さず、まっすぐ前を向いている。

「なんの話だかさっぱりだ」

無表情に答えた横顔が、すべてを忘れていない、しっかりと覚えていると語っている。

やはり人は忘れない。何年たとうが、胸の奥底まで染み渡っていて、決して消えてはいかない。

悔しさに涙がこぼれそうになるのを、懸命に耐える。

「そういえば朋美ちゃんちの土産物屋、なくなってたわね」

弘之の店の隣にあった土産物屋はシャッターが閉じられ、看板が降ろされていた。店に行ってすぐに気が付いていたが、今まで黙っていた。

「ああ、去年親父さんが亡くなってな。あそこんちは二人とも外に嫁に行ったから、跡目を継ぐ人がいなかったんだ。つぶすしかなかったんだよ。土地も建物も今は売りに出されてるけどな、どうかな」

すべての始まりと原因は間違いなく小夜子だが、きっかけを与えたのが朋美姉妹だった。小夜子への憎しみが絶えないのと同じように、あの姉妹の存在も穂乃果の心からは消えていかない。

多分、一生。

「おまえの家はどうなんだ。旦那とうまくいってんのか」と弘之が尋ねた。

「一応。このところ仕事が忙しいらしくて、夜遅くならないと帰ってこないけど」

「浮気してんじゃないのか」

半分冗談らしく、かかかと大きな口を開けて弘之は笑った。

「ないない」

女の影など、どこをどう探しても出てこない。

「女なんかいないよ。ばかばかしい」

「仕事が忙しいのか？　ありがたいな、今の時代に。なにしてんだっけ？」

「不動産屋の営業」

「なら時間の自由も利くか。ちゃんと家に帰ってきてもらえよ。最近はやってるらしいじゃないか。家に帰りたくなくて、ネットカフェとかファミレスで時間をつぶすサラリーマン。フラリーマンっていうんだっけ？」

「いるらしいわねえ」

なにかのテレビ番組でやっていたのを思い出した。

「そうならないようにしなきゃ。そのためには居心地のいい家庭にしてやんないとな」

「うちは大丈夫よう」

からからと笑うが、今では必要最低限の会話しかない夫婦だった。

そういえば昨日、穂乃果が頼んだら早く帰ってきた。あんな時間に帰宅が可能なのかと驚いたくらいだった。普段は家に帰りたくないから、穂乃果の知らない場所で時間をつぶしているのか。いや、それはない。どこかに寄れば金がかかる。金遣いが荒くなっている様子はない。テレビとは違う、と穂乃果は激しく否定する。

「なら、いいけどよ」

「そうそう。だから早く帰らなきゃ。送ってくれてありがとう」

じゃ、と車の外に出たとたん、山のほうから吹いてきた風に全身が包まれた。頬を切り裂くような冷たい風だった。

頬に熱が集まってきて、赤くなっていくのを感じた。電車の時刻を確かめれば、特急列車どころか、普通電車もあと三十分はやってこない。

一時間に二本も電車があれば上等な路線だから、無理もなかった。

駅の前には気の利いた喫茶店もなく、あるのはさびれた蕎麦屋ばかりで、時間をつぶせそうにもない。

駅の待合室で缶コーヒーでも買おうかと迷っていると、タクシーが一台ロータリーに入ってきた。客をあてにして駅に来たというよりも、駅前にあった蕎麦屋に行くのが目的だったらしく、運転手はタクシーを降りると店に向かって歩いていき、穂乃果は早足で近付いていき、今まさに店に入ろうとしている運転手を呼び止めた。時間つぶしのために、病院に行こうと思い立ったのだ。

運転手は怪訝そうな顔をしたが、客だと理解すると相好を崩して、タクシーに戻り、後ろのドアを開けてくれた。

「で、どこまで行くんだい？」

「南病院まで」

穂乃果はシートに座り込むと背中を押し付け、静かに行先を告げた。

南病院は、ここから車で十分ほど走った場所にある民間病院だった。

和夫の高崎の病院での入院期間は去年の十一月の末ごろまでで、そのあとはこの町にある南病院に移っていた。そこで胃ろうをつくったが、人工呼吸器は外れていない。

今回、穂乃果に連絡を寄越したのは、南病院のスタッフだった。

愛想のいい運転手は、誰か知り合いでも入院しているのかと、ひっきりなしに話しかけてきたが、面倒になって曖昧にごまかし続けた。


ぎりぎりと親指の爪を嚙んでいると、タクシーが病院の前で停まった。形ばかりに礼を言い、料金を渡してタクシーから降りる。建物の中に入り、受付で病室を尋ねた。

初めてやってきた病院は、どこになにがあるのか勝手がわからず、ひとつずつ確認しなければならなかった。

教えられたとおり、エレベーターで三階にあがり、ナースステーションで面会手続きを済ませた。手続きと言っても、備え付けの用紙に名前を書くだけで、中にいるスタッフは、見向きもしない。ちょうど忙しい時間なのか、みんなばたばたと動き回っている。

ナースステーションから数メートルしか離れていない病室のドアの横に、和夫の名前が書かれたプレートがかけられていた。ほかの人の名前はないから、小夜子が言ったとおり個室なんだろう。

ドアのノブを回して隙間を開けると同時に、しゅーしゅーという器械的な音が響いてきた。部屋の中に入ると、音はより一層強く耳に届いてきた。

想像通り、一つだけベッドが置かれ、和夫が寝かされていた。となりには大きな器械が置いてある。確かにこれでは大部屋は無理だ。

小夜子はあれだけいばってわめき散らしていたのに、洗濯物もろくに取りに来ていないらしい。大きなビニール袋に包まれた、ひと目で汚れているとわかる衣類が、部屋の隅に積まれている。

病院という場所はそれでなくても風通しが悪いのに、ぴったりと窓を閉じられ、逃げ場をなくした空気が漂っている。おまけに便のにおいなのか、なにかが腐ったような悪臭が鼻の奥をついた。

空気の入れ替えをするために窓を開けると、すぐに冷たい風が吹き込んでくる。

穂乃果がこの町に着いたときには天気もよかったが、だんだんと下り坂になっているのか、空がどんよりと曇り始めていた。

湿気を含んだ冷たい空気は、急速に部屋を満たしていった。

和夫の顔を覗き込む。

肌艶は悪くない。頬も心なしか入院したときよりもふっくらとしている。目も開いていて、しっかりと穂乃果を見つめている。

「ご無沙汰しちゃってるわね。思ったよりも元気そうで安心したわ。本当はもっと早く来なきゃいけなかったんだろうけど、お父さんには小夜子がついているでしょう。小夜子がいればなんの心配もいらないからね」

もちろん本音ではない。聞こえているのかどうかはわからないが、和夫の手前そう取り繕っただけだった。

唇がかすかに動いた気がする。

以前見たときは口からチューブを入れていたが、今は抜かれている。かわりにのどに穴を開け、そこにチューブを入れて、人工呼吸器と繋がっていた。

のどに人工的に穴を開けるのだと説明してくれたのは、春子だった。そのときも電話で聞いたきりで、実際目にするのは初めてだった。

今の状態のほうが、すっきりとして見えた。ただ開けた穴のまわりから、黄色の液体が噴出して、ぴゅーぴゅーと空気が漏れるような音がしている。

器械が吐き出す音とは、また少し違っていた。

器械の音がせず、のどに穴が開いていなければ、和夫は元気なころと寸分かわりなく見えた。

手を握ってみる。指先まで暖かく、全身に血が通っている証拠だった。

「お父さん、元気じゃない。だってこんなにあったかい」

指先を両手で包み込む。

「そうよ、まだまだ生きるんだわ」

手を握り、和夫の顔をじっと眺める。

「そうよね、お父さん。だから顔だってふっくらしているし、顔色だっていい。お父さんはね、もっともっと生きなきゃ駄目なのよ。このままでもいい。生きてちょうだい。生きているだけでいいの。死んじゃ駄目よ」

和夫の瞼がぱちりと閉じ、そして開いた。

「わかるの？　わかるのね？　今、返事したわよね？　ぱちぱちって目が動いたわ。もう一度やってみせて」

和夫の瞼がまた動く。

「お父さん。生きたいのね。お父さんの気持ちは、わたしがちゃんと受け止めたからね。大丈夫よ、安心してちょうだい。小夜子の言いなりになんかならないから」

小夜子の思い通りにはさせやしない。

弘之も春子も、小夜子に言いくるめられているだけなのだ。

なんて勝手なんだろう、と穂乃果は思う。

洗濯物もろくに取りに来てやしないくせに。隅に寄せられた汚れ物が、その証拠だった。

ナースステーションに行くと、看護師は忙しそうにそれぞれの仕事をしていて、こちらを見ようともしなかった。カウンターに腕をのせて、あたりを見回す。一人くらい気が付いたっておかしくはない。だが誰も目を向けようともしない。

「ちょっと、すみません」

苛立ちを含ませて、すぐ目の前にいた看護師に声をかける。彼女はパソコンのキーを叩いている。

「なんでしょう」

画面から目を離さなかった。ここの看護師は、ずいぶんいい教育を受けているらしい。

「わたしはね、ここに入院している者の家族ですけどね」

怒りよりも呆れていた。連絡をしてきたのは、そっちじゃないか。もののついでに来ただけだが、それでもはるばる遠方から来たのだ。感謝をすべきではないか。

和夫の名前をいい、娘であることを告げる。

ナースステーションにいたスタッフすべてが動きを止めた。しん、とあたりが静まり返る。

「ご長女さんですね？」

やがて少しの間があってから、奥にいた看護師が立ち上がり、カウンターに近付いてきた。

黙ってうなずく。

「こちらにどうぞ」

ナースステーションの隅っこに、案内された。机があり、パソコンが開いてあった。静かになったのは一瞬で、すぐに仕事が再開され、ざわめきも戻ってきて、あっという間にあたりは騒々しくなった。

こんなところでなんの話をするのだ。

「ごあいさつが遅れました。わたしが師長の山岡《やまおか》です」

椅子に座った格好で、頭を下げられた。

「今回来ていただいて助かりました。お電話も差し上げましたけど、あれからどうしたのか、どう話し合いをされたのか、お伺いしたかったんです。返答によってはすぐに開始しなければなりませんし」

平然と人殺しを実行しようとしているのだ、この病院のスタッフは。そうはさせない。和夫には生きてもらわなければならない。

「この病院では、入院患者を殺すのが日常なんですか」

山岡が怪訝そうに眉を寄せる。

「待ってください。それは違います」

「どこがどう違うのか、説明してください」

「流動食をやめてほしいというのは、ご家族さんから、妹さんからの希望です。お母さまも同意見と伺ってます。こちらとしては、お姉さんの意見を聞かずに決定するわけにはいかないのです。ですからお姉さんからも了承をいただきたかったんです。もちろん病院側としましては、このような行為は本当ならしたくないんです。あくまでも家族の希望として、申し出をお受けする形になります」

「わかりました」

そう言ってから、大きく息を吸い込んだ。

「それなら、わたしの意見を言わせていただきます。わたしは、父に生きていてほしいと思ってます。どんな形であっても。ですから、妹がなんと言おうと、この提案には断固反対です。

父は元気じゃないですか。顔色だっていいし。あれなら器械が外れて、起きられるようになるのだって、そう遠い未来じゃないでしょう。それなのに餓死だなんて……。失礼ですよ。わたしの言葉に父もちゃんと反応しましたよ。瞼を閉じたり開けたりして」

身振り手振りを交えて訴える。

器械が外れる可能性だって、まったくないとは言い切れない。だから餓死させるつもりなど毛頭ない。小夜子とはまるで意見が違うと、知っていてほしかった。

山岡は、困惑の色合いを浮かべている。

「どのように先生から説明を受けてらっしゃいますか？」

やがて静かにそう問われて、押し黙った。見舞いにも訪れていないので、説明もなにもない。

「いえ、あの、わたしは遠くに住んでますから」

「妹さんには、何度かこちらから説明をしているんです。それをお聞きになってはいませんか？　先生から受けた説明は、必ず家族で共有してほしいとお願いするんですが」

値踏みをしているのか、全身を眺められた。

不仲だと知られているようで、恥ずかしくなった。

「すみません。妹は、その、連絡をしてくれないんです」

遠回しに、知らないのは小夜子のせいだと伝えた。うまくいったのかどうかは不明だ。

「そうですか。詳しくは妹さんからお聞きになっていただきたいのですけど、折角ここまでいらして、なにも説明されないというのもどうかと思いますし、先生はお忙しいので急には対応しきれませんから、わたしのほうから簡単にお話しさせていただきます」

「お願いします」

神妙に頭をさげる。

「病院に入院が可能な期間は決まっています。九十日です。それは病院が決めたのではなく、お国の決定事項です。お父様がこちらの病院に入院したのが、去年の十一月二十五日です。そしてもう一月です。入院できるのはおおよそ来月いっぱいになります。そのあとは自宅で介護するか、ほかの病院か施設に行くか決めてもらわなければなりません。どちらにするにしても今から準備を始めないと間に合いません」

「ええ、聞いてます。家で看ればいいんですよ」

「旅館を経営してらっしゃると伺ってますが？」

「ええ、その通りです」

「旅館を運営しながら介護をするのは厳しいと、妹さんから伺ってます。ご家族で経営されていて、ほかに従業員もいないと聞いていますし、部屋もないという話ですしね。家で介護するのが難しいとなるとほかの病院に転院ですが、このあたりには人工呼吸器をつけた患者の入院を引き受けてくれる病院はありません。ですから市外になります。施設では、有料ホームしか入所は無理でしょう。そこは当然ですが、お金がかかります」

「だから自宅ですればいいんですよ」

「お姉さんが看ますか？」

「ご冗談を。妹ですよ」

「その妹さんが無理だと言っているんですよ。お金がかかる施設も難しい。病院も厳しい。残された道が今回の話です。わたしには妹さんの苦しみがよくわかります。それだけに無下にはできません」

かっと頭に血が上り、顔が熱くなる。

「あなたは妹の味方をするの」

思わず大声を出していた。静かに山岡が首を振る。

「誰の味方とか、そうではありません。現実なんですよ、これが」

「現実は父が生きてるってことでしょ。器械が外れるかもしれないし、元気になるかもしれない。その可能性があるのに、そんな提案受け入れられますか」

「お姉さん、よく聞いてください」

「なによ」

「いずれ器械が外れると思っていらっしゃるようですが」

「はい」

「わたしの経験上、一度人工呼吸器をつけた患者さんが、元気になったという記憶はありません。返事をしたと言いますけれど、瞼を閉じたのはたまたまで、反応したんじゃないと思います、言ってみれば不随意運動ですね。本人の意思ではないと思いますよ。あそこまでいってしまった場合、まず起き上がったり、歩けるようになったりはしません。今の状態で、あとどれくらい生きられるのかもわかりません。明日には心臓が止まってしまうかもしれませんし、数年間、この状態というのも考えられます。妹さんは疲れているんだと思いますよ」

山岡はうっすらと微笑んでいた。

和夫を殺そうとしている小夜子をかばっているのか、それとももっと別の意味合いか。姉妹としてうまく関係が保てていないのを見透かしていて、それで笑っているのかもしれない。

山岡は静かな笑みをたたえている。つくり笑顔にも受け取れる。その笑みを絶やさずに、和夫を餓死まで追いこむつもりでいるのか。

外を吹く風が強くなったのか、ナースステーションの窓ガラスが派手な音をたてた。

「お姉さんは、この病院にいらしたのは初めてですか？」

なにかを探るような目つきをしている。

「ええ、そうです。わたしは遠くにいますので。先ほども言いましたけど」

悪びれもせず、そう答える。遠くにいるのは本当だ。嘘でもなんでもない。ただ来る気がないのだとは穂乃果は言わなかった。日帰りできる距離だというのも、小夜子に全部押し付けているのだとも。

「妹さんは三日に一度はこられます。お母様はときどきいらっしゃいます。二人で交代でやってきては、顔を見て、汚れたものを持って帰り、きれいなものを置いていきます」

部屋の隅に、たくさん積まれた洗濯物が脳裏に蘇ってきた。

「たくさんありましたよ、汚れ物が。さっき行ったら」

「たまたまです。ここ数日お腹《なか》の調子が悪くて、便が緩いんです。そのせいで昨夜も今朝も便が漏れて、浴衣《ゆかた》を汚してしまいました。そんなときもあります。それでも二人は黙って汚れ物を持って帰ります。一度だってわたしたちスタッフを責めたり、文句を言ったりしたことはありません」

「わたしだって、文句なんか言いません」

「言えないですよね。今日、初めていらしたんですから」

痛いところをつかれた。これまで来なかった穂乃果を、責め立てているようだ。

「妹さんは、自分で車を運転してきます。でもお母さまは足が悪いので、バスとタクシーで来ます。交通費だってばかになりません。病院に入院していると言って、なにもしなくていいではすみません。入院していればお金だってかかります。手間暇もかかります。お姉さん、なにもかも妹さんに押し付けてはいけません」

前のめりになり、山岡は膝の上で両手を組む。

「入院していても、介護はやはりしているんです。必要なんです。妹さんの意見を実行するのは難しいです。病院としてはしたくありません。ですが、そう言い出さなければならなくなったお気持ちは理解します」

小夜子の気持ちなどわかってくれなくていい。穂乃果は介護を押し付けたいだけだった。なにがなんでも、小夜子に。

「ですからお姉さんの意見もお聞きしたかったんです。これは一方の意見だけでは決められませんから。でも、お姉さんは反対している。そうですね」

「もちろんです。だって父は生きているんですから」

はっきりと穂乃果は言い放った。生きている、という一言に力を込めて。

「もう一度、よくご家族で話し合ってください。家族の中で誰か一人でも反対して、裁判沙汰になったりして困るのは病院なんです。繰り返しますが、わたしの経験上、あの状態から患者さんが元気になったりはしません」

「元気になんかならなくってもいいんです。器械は外れても外れなくても、もちろん外れてくれればうれしいですけど。生きていてくれさえすれば。妹にはもう一度話をしてみますから」

そう言って逃げるように立ち上がり、ナースステーションを後にした。

ああは言ってみたものの、小夜子ともう一度顔を合わせて、話をする気にはなれなかった。どうやっても平行線にしかならないのは、目に見えている。

和夫が入院している個室に向かう。

規則正しく和夫の胸が動いている。

生きている。餓死させるなど論外だ。

それが小夜子にとっての苦しみとなるなら、これほどいい復讐はない。

「お父さん、がんばって生きてね。今のまんまでいいから。長生きって大切よ」

静かに囁いてから、病室を出た。


マンションのドアを開けると、かすかに人の話し声がした。たたきには見覚えのないパンプスが置いてあった。

「ただいま、誰か来てるの？」

玄関先で声を張り上げる。リビングに行くと、公子がいた。

「おかえりなさい。留守の間にお邪魔してごめんなさいね」

「いえ、どうしたんですか？」

「相談があって。電話じゃ駄目だし、急ぎだったから。別に穂乃果さんがいないから来たんじゃないの。来ようと思ったときにたまたまいなかっただけなのよ」

避けてはいない、という意味で言ったのかどうなのか、穂乃果にははかりかねた。

「急な相談って。なにかあったんですか？」

そこまで言って、とよの顔が頭に浮かんだ。

「違う違う」

公子が顔の前で、両手を振る。

「ちょっと用があっただけ。余計な心配させてごめんなさい。じゃ、これで」

すっ、と穂乃果の脇を公子はすり抜けていった。公子だけではない、祐一も後ろからついていき、一応穂乃果も続き、玄関先で帰っていく公子を見送った。

「また連絡くれよ」

なにか急用があったとは考えられないほどにこやかに、公子は帰っていった。

ばたん、とドアが閉まる。

「なんの相談だったの？」

二人きりになってから尋ねた。

「別に、おまえには関係ない」

ぶっきらぼうに言われたが、穂乃果もひかなかった。

「お義母さんになんかあったんじゃないの？」

とよは高齢だ。なにがあってもおかしくはない。

「なにもないよ。おまえには本当に関係ないから」

「でも、なにかあったのに、知らん顔っていうのも」

なにもしない嫁だと思われたくなかった。

「いいって。なにかあれば、必ず言うよ」

面倒臭そうに、祐一は顔をそむけた。

「颯馬は？」

「バイト」

わかり切っていた答えだった。このところ颯馬はアルバイトばかりしていた。

「お夕飯は？　なにか出前を取ろうと思うけど」

疲れ切っていて支度をする気持ちにはなれずに、買い物もせずに帰宅していた。

「家、帰ったんだろ？」

心配しているような口調ではなかった。むしろ面倒くさそうに響いてくる。

「帰ったわ。小夜子なんて勝手ばかりよ」

リビングに二人で移動し、ソファに座ってから、早口でなにがあったのかを伝える。身振り手振りを添えて。

聞いているのかいないのか、祐一は黙っている。

「ひどいでしょう、小夜子ったら」

ひと通りしゃべってから、同意を求めたが、祐一は返事をしなかった。

「挙句にこっちで引き取れなんて言われてさ」

ぎょっとしたように、祐一は目を見開いた。

「連れてくるのか？」

「まさか。お父さんの面倒は小夜子が看ればいいのよ。いまさらいやだって言っても無理よ。勝手ばかり言わせないわ」

「まあ、押し付ける形になって申し訳がないけど、こっちに来るのは非現実的すぎる」

「これまでどおり小夜子がやればいいのよ。今になって人に押し付けようなんて虫が良すぎる。駄目よ、駄目」

しっしっと、犬を追い払うみたいに手を振る。

「小夜子さんには悪いと思うけど、おまえも冷たいな」

ぼそりとつぶやかれた。

「だって、事実よ」

「そうだけどさ」

ぽりぽりとひと差し指で頰を掻いている。

「言うつもりはなかったけどさ」

顔をあげて、祐一はまっすぐに穂乃果を目で捕らえた。

「うちさ、うちでもさ、母さんが少し呆けてきてるんだよね」

突然言われて、穂乃果は耳を疑った。

「一緒に暮らしてないからよくわからないけどさ。なんだか徘徊《はいかい》してるみたいなんだ。すごく困ってるんだと。俺はさ、そういうところを見てないからなんとも言えないけど、姉さんは本当に大変そうだよ。最近できるだけあっちの家に帰るようにしてるんだよね。仕事帰りに寄ったりしてさ」

遅い帰宅時間に納得し、早く帰れた理由もわかった。

「それでお義姉さんが来てたのね。でもお義母さん、元気そうだったじゃない」

元日に行ったときの様子を思い出す。呆けている様子はどこにもなかった。

「なにかの間違いなんじゃないの？」

「そうじゃないみたいだよ。突然どこかにいなくなったりするし、先々を考えて要介護認定を取ろうとすると、認定の時はしっかりと受け答えするんだって。だから呆けてないってなるんだってさ。そうなると要介護も取れないから、デイサービスにも行けないし、ヘルパーだって来てくれない。まさか実費でやるわけにもいかないからね。姉さん、困ってるんだよ」

「勘違いとか、誤解じゃないの？」

「一緒に生活してないとさ、見えない現実ってたくさんあるんだよ。正月に家の中見ただろう？　片付けられないのも呆けの一種みたいだよ？　よくわからないけど。俺はさ、なんにもできないから、すべて姉さんに一任してるの。だからおまえが、小夜子さんに任せきりなのはいいと思う。というか、それしか手がない」

口ごもってはいたが、はっきりと言い切った。こちらにこられては、祐一も困るらしい。そうだろう。ここにはここの生活がある。親子三人が暮らすのだって、そんなに楽ではない。

一番の問題は、颯馬の学費とマンションのローンだった。学費はあと三年は続くし、ローンもまだ十五年はある。颯馬のアルバイトの給料はすべて自分の懐《ふところ》に入っているから、あてにできない。ほかからの収入がない以上、繰り上げ返済ができるあてもない。

「大丈夫。母さんをこっちに来させたりはしないから」

穂乃果は安心した。内心、祐一がとよをこちらにつれてきたいと言い出したらどうしようかと恐れていた。

「小夜子がお父さんを餓死させようとしてる件だけど」

「うん」

「さっきも言った通り、わたしは反対だからね」

同意してくれるかと思ったが、祐一は首を捻っている。

「だってそれって殺人よ。師長さんも言ってたわ。裁判にでもなったら困るから、よく家族で話し合うようにって。病院も殺人になるってわかってるのよ。だから訴えられたら困るのよ。わたし、もし、お父さんを餓死させたら、病院を訴えるわ」

「ちょっと待て」

「なんで？」

「小夜子さんが決めたなら、それでいいじゃないか。反対する理由はないよ」

「あら、駄目よ。駄目。殺人になるんだもの。お父さんが殺されるのを黙って見ているなんてできないわ。面倒はこれまでどおり、小夜子が看ればいいのよ。それでなんの問題もないわ」

歌うように、穂乃果は言った。実際、小夜子が困る様子を目にするのはうれしくてならない。

「待て待て。小夜子さんは大変なんだよ。俺たちにはわからない苦労があるんだ。だからそう言い出したんだよ。介護してない人間が止める権利はないよ」

「わたしは娘よ。父親が殺されるのを、黙って見ていられない。まして小夜子に殺されるなんて、冗談じゃないわよ。止めたって無駄よ。わたし、決めたんだから」

なにか言いたそうに祐一は口を開きかけて、そして首を振った。

「だったら好きにしたらいい。俺の親じゃないし。ただし裁判になったとしても費用は知らない。やりたければ自分でなんとかしたらいい」

「勝手にするわ。夕飯はどうする？　ラーメンでも取ろうか」

そう尋ねたが、祐一はもうなにも答えなかった。穂乃果は面倒になっていつも出前をしてもらっている中華料理屋に、チャーハンを頼んだ。チャーハンなら明日でも食べられる。

三十分でチャーハンは届いたが、祐一は自分の部屋に閉じこもり、出てこなかった。颯馬はアルバイトから帰らない。仕方なく、一人で食べ、残りを冷蔵庫に入れた。こうしておけば好きなときにレンジで温めて食べられる。みんな大人なのだ。祐一も颯馬も、そして小夜子も。

実家に帰って、疲れ切っていた。リビングのソファに横になったとたん、睡魔に襲われる。一度も目覚めず、朝までぐっすりと眠り続けた。

翌朝、いつもと同じ時間に目覚めて、スマホを確認する。ラインにメッセージが一件届いている。篤紀からだった。

仕事に行くたびに顔は合わせるが、プライベートな話は、すべてラインで交換している。

祐一も颯馬もまだ起きてくる時間ではないとわかれば、誰に遠慮もせずに、ラインが読める。

胸を高鳴らせてラインを開けば、また会えないかと入っていた。

飛び上がるほどうれしい。

昨日実家に帰ったために重苦しい気持ちになっていたが、それも一気にどこかに吹っ飛んでいった。

——もちろん、会える、会いたい。今日だっていい
すぐに返信する。

今日は半日仕事があるが、午後からはフリーだ。夜も遅くならなければ家族は帰宅しないから、穂乃果は自由だった。

やがて届いたラインには、今日の二時、いつもの場所でと書かれていた。

一人で先に朝食を済ませた穂乃果は、昨日と同じ時間に祐一を送り出した。颯馬を起こしに行けば、今日のアルバイトは十一時からだからと告げられ、またすぐにベッドに潜り込んでしまった。

歩いても五分で着く勤務先のスーパーに、自転車を使った。

制服に着替えてレジに行くと、今日も吉野が待っていた。

「おはようございます。お待たせしました」

ひと声かけて、吉野と入れ替わる。

「いえいえ。また実家に帰ったの?」

昨日のうちに寄って、土産を置いていきていた。

「ええ、そうなの」

「いただいたわ、お菓子。ご馳走様。でも、そんなに気を使わなくていいのよ。お父さん、まだ入院してるんでしょう?」

「ええ、まあ」

「大変よね。家族が一人でも入院してるとさ。うちも母親が足の骨を折ったりしてさ。結局、今は施設に入れたんだけど。それもねえ」

ふう、とこれ見よがしの大きなため息をついている。

「お金、かかるんでしょう?」

「うん。幸い、息子の給料もあるからなんとかなってるけどね、そうでなきゃ大変だったわ。年金も安くて、それだけじゃとても施設のお金が払えないのよ。その点、入院なら保険も使えるし、いいわよね」

「まあ、そうね」

金に関して、穂乃果はよく知らなかった。すべてを小夜子に任せてある。入院費をなんとかするのも、親の面倒を看ている者の務めだと穂乃果は考えている。

「ずいぶん長く入院してるけど、退院しろって言われない?」

「うん、今のところは大丈夫みたい」

「病院も冷たいからね。具合がよくなくても退院させられるから。そう言われないなら、まだいいかもね」

「困るわよ、退院なんかされても。人工呼吸器ついてんだもん」

「ああ、そうだったわねえ、大変よね」

大変大変と口では言っているが、しょせんは他人《ひと》ごとなのだ。吉野の口調はなにか軽いし、本気で心配などしていないだろう。

「まあ、愚痴ならいくらでも聞くわよ。じゃ、お先に」

吉野はレジから離れて行った。

吉野がいなくなると、すぐに客が並び出した。慌ててかごを引き寄せる。

珍しく今日は朝から客が途切れなくやってきた。単調な仕事ではあるが、金を取り扱うので神経は使う。なんでも楽な仕事はないのだと実感するのはこんなときだ。

旅館の仕事も大変だろうが、小夜子にばかり大きな顔はされたくない。

息つく間もなくレジを通し続け、気が付くとシフトの三時間が過ぎていた。

次に入ったスタッフと交代してロッカーにさがり、すぐに帰り支度をする。

あと二時間もすれば、篤紀に会える。誰にも遠慮なく。


約束の時間よりも、だいぶ前に待ち合わせ場所に着いたが、すでに篤紀の車が停まっていた。

「お待たせ」

そう言って助手席に座ると、人目が気になり、慌ただしくドアを閉めた。もっとも駅前は人が多いから、かえって目立たない。

「今日は、岩槻かな」

そんな穂乃果の心配をよそに、篤紀は言い、車をすぐに走らせた。

「岩槻のホテル、たまにはどう？」

確認するかのように尋ねられた。

「どこでも。運転するのは篤紀だもん。任せるわ」

着ていたコートを脱ぎながら、穂乃果は答えた。車の中は暖房が効いていて暑いくらいだった。

「じゃ、岩槻」

舌で上唇をべろりと嘗《な》めて、篤紀はアクセルを踏む。突然スピードを増した車は、ホテルに向かって走り出す。

三十分ほど走ってから、車はホテルの駐車場に停まった。すぐにチェックインを済ませ、部屋に入ると同時に実家で起こった出来事を話した。

篤紀は黙って聞いていた。相槌も打たず、ソファに座り、ノンアルコールビールを開けている。

「どう思う？　おかしいでしょ、妹の行動」

篤紀は首を傾げている。

「まあ結局、そういうのは家の問題だからさ。悪いけど、他人の家の手助けは無理だよ」

「助けてくれなんて言ってないわよ。ただね、妹の行動があんまりだから、誰かに聞いてほしいのよ。自分の親を餓死させるなんてひどすぎるから。お母さんもどうかしてるわよ。それに賛成してんだもん。信じられないのよ、なにもかもがさあ」

「家の問題」

そう言いながらはぐらかすように、スカートを持ち上げ、太腿《ふともも》を手のひらで撫でながらノンアルコールビールを飲む。

「ちゃんと聞いてよ。なかなか愚痴をこぼすとこもなくってさ、わたしも辛《つら》いんだから」

笑いながら、篤紀の手を握る。

「家の問題。ここは二人で楽しむ場所」

気が付くと抱きしめられていた。

話す間もない。なにもかも忘れて抱き合っただけだった。

それでも行為を終えて、篤紀の腕の中に包まれると心が軽くなった。

自然と頬が緩む。

篤紀だけが心を軽くしてくれる。

心も体も満たされ、充実感がある。

篤紀の身体にしがみつく。この人を永遠に離すまいとするように。

乱れた呼吸を整えながらベッドに横になっていると、篤紀に手を取られた。篤紀の手は指先まで熱い。暖かいというより、熱を帯びている。

「妹と仲が悪いの？」

笑いながら尋ねられた。

「そう。悪いの。わたしと妹はね、ネズミと猫、犬と猿。水と油なの」

「決して混ざり合わず、常に離れようとしてるっていう意味か？」

「その通り」

「まさか生まれたときからっていうんじゃないだろう？」

さぐりを入れられた。確かに仲が良かった時期もそれなりにあったと思うが、それはもう遠い記憶の彼方だ。

「いいのよ。下手に仲良くしてたら、本気でこっちで面倒を看る羽目になる。そんなの、駄目」

「ま、気持ちはわかるけどな」

手のひらを親指で撫でまわされた。マッサージをされている気分だが、くすぐったい。

ベッドの中でふざけ、声を立てて笑った。

「姉妹で喧嘩っていうのはさ、ほどほどにな」

笑いながら、篤紀は本気なのか冗談なのかわからない口調でそう言った。

「喧嘩じゃないわよ。ねえ、それよりもお願いがあるんだけど」

「なんだよ」

「小夜子を誘惑して」

え、と篤紀の表情が強張った。

「今、あの子に縁談があるの。相手は町の人だから反対する理由なんかないけど、すんなりされるのも腹立たしいのよ。だから篤紀が誘ってやってよ。あの子、付き合った男もろくにいないの。あなたが誘ったら喜んでほいほいついてくるわ。誘って本気にさせて捨てちゃうのよ」

昔、自分がされた屈辱を味わわせたかった。

「なんだそりゃあ」

さすがに驚きの声を、篤紀はあげた。

「本気にならないかもしれないけど、それならそれでいいからやってみてよ。駄目もとで。温泉、好きでしょう？」

「まあ、好きだけどさあ」

「じゃあ、やってみて。あとで詳しくラインで送っておくから。インスタもやってるのよ、あの子。そっちからアクセスしてもいいんじゃないかな。見てみて」

「性格悪いな。まあ、そういうところも嫌いじゃない」

にっと篤紀は意地悪そうな笑みを浮かべた。

「失敗したらそれはそれでいいから」

とてもいいアイデアだと感じた。うまくいったら、小夜子はどんな顔をするのか、想像するだけで面白くてならない。

時間いっぱいまで二人で過ごし、ホテルを出て、駅まで送ってもらった。

車から降りると、いつものようにデパ地下で買い物をして帰った。

デパートの袋をぶら下げて、部屋のドアを開ければ、颯馬がパソコンを眺めていた。後ろ姿が、祐一にそっくりだった。

「あんた、大学は？　明日は行くの？」

丸まった背中は動かない。振り返る気配もない。

「颯馬っ！」

「まだ休みだよ、大学なんか。邪魔だよ、出て行ってよ」

ひどく気怠そうに。背中を動かさずに、颯馬は言った。

穂乃果はそんなに邪魔なのか。

篤紀のおかげで楽になったはずなのに、ほんの数時間しかもたなかった。

別れてきたばかりなのに、どうしようもなく篤紀に会いたかった。

＊

一九九六年のある日、朝一番のバスで駅まで出た。春子は旅館の仕事をすべて和夫に丸投げした結果になったが、それよりも娘の腹の子が不安でならなかったのだろう。ついでに人目も気になったに違いない。穂乃果は八月だというのに、薄手のショールを腰に巻かされた。

この時期に、薄手とはいえ腰のショールは人目を引いたが、春子は決して外してはいけないと何度も穂乃果を戒《いまし》めた。

バス停に二人で立っていると、聡が利用していた旅館のスタッフが通りかかった。経営者ではなく、従業員だ。恐らく地元の人間ではない。どこかよその土地から来たと思われるスタッフは、穂乃果を横目で見つめ続けた。

「ちゃんと巻いておくんだよ。外したら駄目だよ」

慌てて春子がショールを巻きなおす。スタッフは奇異な視線を投げながら、なにか言いたげな様子を見せて通り過ぎて行った。

昼というよりも朝に近い時刻に、聡が住んでいたマンションに着いた。近所の喫茶店ではまだモーニングをやっている。

朝早くから動き出して腹が減っていたのか、それともこれからを考えると満腹にしておく必要があると考えたのか、春子はまっすぐに喫茶店に入って行き、店のメニューの中で一番ボリュームのありそうなスクランブルエッグとソーセージ、それにフルーツとヨーグルトがついたモーニングを注文した。

アルバイトだろう若い店員は、二人の顔についた青たんと腫れ具合にも驚いたようだったが、春子の食欲の旺盛さにも目を見張った。

穂乃果はというとつわりのせいで食欲はなく、コーヒーを少しばかり飲んだだけだった。

「食べてないわね？　いいの？　仕方ないけど」

春子は口元を紙ナプキンで拭《ぬぐ》っている。

「うん、いい」

「そう。途中で倒れるような情けない真似はやめてね」

ここが正念場だと信じて疑わずにいるのか、珍しく春子の口調はきつかった。その勢いにつられ、うなずいた。

「じゃ、行こうか」

お代わりをしたコーヒーまですっかり飲み干した春子は、伝票を摑んで立ち上がり、店を出た。聡が住んでいたマンションは目の前にあった。

「立派ね」

マンションの全体を眺めてから、春子は抑揚のない声で言った。

「じゃ、行こう。どの部屋？」

「七階の左端」

各階に四部屋しかないマンションだった。そこに聡はもう住んでいないというのに、春子は嫌がらせのようにインターフォンを何度も鳴らした。

Ｔシャツに短パンというラフな格好でドアを開けた女は、穂乃果を見付けると不快感をあらわにした。

「あんた、この前も来たでしょ。そのときも言ったけどね、前に住んでた人なんかわたしはなんにも知らないのよ。帰って。わたしだって困るわ」

閉めようとしたドアの隙間に、春子は爪先を突っ込んだ。これまで見たこともないほど素早い行動だった。

「不動産屋さん、教えて下さい」

低く押し殺した声で春子は言った。そのうえ青たんで顔が腫れている。女が圧倒されたのは間違いなかった。

「駅前のリンクってとこ」

面倒くさそうに言うと、すぐにドアを閉めてしまった。

「行ってみようか」

次の行動も早かった。春子に手を取られ、早足で歩き出す。

店が並ぶ駅前から一つの不動産屋を探すのはだいぶ手間取ったが、三十分後には自動ドアの前に立っていた。

「入ろう」

なにか覚悟を決めたのか、春子の横顔は強ばっていた。

店内には紺色の事務服を着た若い女が一人と、頭が禿《は》げ上がった男が一人いるだけだった。

女のほうは年の頃合いを見ても、雇われだと穂乃果はすぐに察しがついた。春子も同意見だったらしく、男のほうに春子は声をかけた。

「いらっしゃいませ」

それまでスポーツ新聞を読んでいた男は、愛想のいい声をあげ、眼鏡をずらし、値踏みするような目つきで二人を見た。

わけあり親子だと感じたのか、ひどくけだるそうに腰を上げて近付いてきた。

「いえね、あそこに、駅の近くにね」

日頃和夫の前ではおどおどとしている春子は、今は実に堂々とした態度で不動産屋の主と思われる男にマンションの説明をし、聡の行方を知らないかと尋ねた。

男はちらりと穂乃果に視線を投げる。腹の膨らみに気付いたに違いなかった。

「引っ越しはしたけどね、どこに行くとは聞いてないよ」

「じゃあ、実家の連絡先は？」

「保証人は親がやってたから一応知ってるけど。ほいほいと簡単に教えられないよ。信用にかかわる問題だから」

　両手を広げて、男は天井を仰いだ。

「そこをなんとか」

　これまでに見ないしつこさと態度で春子は臨んだが、すべて無駄足になった。男は最後まで首を振り続け、春子は意気消沈して穂乃果の手を引いて店を出るしかなかった。

「帰ろう」

　店の外で、つぶやいた。

　大学に行くとか、ほかにまだ方法はあったが、春子はもう疲れてしまったのだろうか。実家の場所すら正確には知らない。それに苦労して捜し出したとしても、聡が金を寄越すかどうかも疑問を感じる。このまま外を出歩いていれば、穂乃果の腹を人さまに見せつけるだけだった。恥をさらして歩くよりはと思ったのかもしれないが、ずっと黙り込んでいるので、真意のほどは穂乃果には伝わってこず、想像するしかなかった。穂乃果としても、身重《みおも》の体であちこち移動するのは辛く、帰りの電車の中でもずっと眠ってばかりいた。

　目を覚ましたとき、ちょうど渋川を過ぎたところだった。春子はじっと窓のほうを見ている。

　ふわっと大きなあくびをする。

「一応、朋美ちゃんのお姉ちゃんにも聞いてみようか」

　ずっと考えていたのか、その表情は険しかった。

「もういい」

朋美の家に行けばまたひと悶着あるだけだと面倒になった。ここまでくればさすがに捨てられたという事実を受け入れずにはいられない。

家に帰りつくとすぐに自分の部屋に行き、布団を敷いて横になった。

小夜子はいなかった。

昨日から出かけたままなのか、一度帰ってきたのか、それすらわからない。

疲れ切っていた。電車とバスに揺られ、あちこち歩き回って。

起きていると聡が恋しいやら憎らしいやら、どうにもコントロール不可能な自分の感情に振り回される。小夜子にも頭にきていた。家にいないのは、避難の意味もありそうだった。ここで顔を合わせていれば、行き場を失った怒りは間違いなく小夜子に向けられる。それを本能的に感じて家に帰ってこないのだろう。

家族は突然ばらばらになった。

和夫は連日夜になると家を空け、帰って来ると、監督不行き届きだと春子を責め、うわさの種をばらまきやがってと穂乃果をなじった。小夜子はほとんど家に寄りつかず、友達の家を渡り歩いているようだったが、誰もなにも言わなかった。

落ち着かない日々を過ごしながら、紹介された産婦人科の診察日を迎えた。病院には春子と二人で行った。

古くて小さな個人病院だった。前回のクリニックとは雲泥の差で、木造の建物の中は、エアコンがしっかり効いていないのか、それとも隙間があるせいかやたらと湿気がひどく暑かった。

待合室のソファはあちこちに穴があいてスポンジが飛び出している。ソファの脚はさびついて、人が腰かけたら重みで折れて崩れてしまいそうだった。

待合室には幾人かの患者が待っていたが、みんな若そうでどうみても二十歳《はたち》前にしか見えなかった。誰も彼も長い間待たされているのか、ハンカチで扇《あお》いだり、額や首に流れた汗を手で拭ったりしている。

そんな患者を横目で見ながら春子と一緒に受付に立ち、紹介状を差し出した。受付にいた看護師は年がかなりいっていた。人の目など気にしないのか、髪は真っ白だったし、顔にはシミが散らばっている。

差し出した紹介状をその場で封を切り、ざっと目を通してから、穂乃果の全身を眺めまわした。

「診察の順番がきたら呼びますから」

無愛想に言われて、二人は空いていたソファに腰かけた。ここまでくれば人目を気にする必要性もなく、穂乃果は腰に巻いていたショールを取って、脇に置いた。もっともこの中は暑くて、とてもじゃないがショールなどしていられない。

会話もなく、一時間ほど待ってから診察室に入ると、おじいちゃんのような医者が待っていた。

「まあ、一応、診察するから」

穂乃果のほうを見ようともせず、となりにあった診察台を指で示した。診察台はカーテンで仕切られてもおらず、むき出しの状態で置いてあった。かといって逃げ出すのも無理で、椅子から立ち上がり、春子の前で下着を脱いだ。フレアのスカートを着てきたおかげで、下半身をさらけ出す醜態は免れた。スカートをたくし上げて、診察台に乗る。

「まったく今の若い子は」

愚痴なのか、それとも怒っているのか、独り言とも取れる暴言を吐き、医者は器械を膣《ちつ》の中にねじ込み、中を診察し、エコーを撮った。

「はい、いいよ。降りて」

診察台の脇にあった洗面器の中に手を突っ込み、医者は乱暴に手を洗った。

「まあ、早いほうがいいからね。今日入院して。そのまま分娩するから」

下着を着て、再び椅子に座った穂乃果に、ひどく乱暴にそう言った。

「は？」

自分がなにを言われているのかわからなくて、首を伸ばして聞き返した。

「だから今日、入院して。明日には分娩だから。子供が育ちすぎてるから下から産むしかないんだよ。前の病院でそう言われたでしょ」

そう言われればそんな説明を受けたような気もするが、はっきりと覚えていなかった。

「あのう」

戸惑ったのは、春子も同じだったらしい。穂乃果の肩を抱いて、身を乗り出した。

「今日はまだなんの準備もしてきてないんです。ですから後日また日にちをちゃんと決めていただけないでしょうか」

そこで初めて、医者は椅子の向きをかえ、二人と顔を合わせた。

「そんな悠長なこと言ってたら、子供がどんどん育って分娩が辛くなるだけだよ。うちはいいけど、あんたたちがいやでしょ」

そう言われると、なにも言い返せなくなって、穂乃果は項垂れた。

「詳しい説明は看護婦から聞いて。はい、待合室で待ってて」

追い出されるように診察室をあとにすると、待合室には誰もいなかった。母親と二人きりにされ、穂乃果はやるせない気持ちになった。


三十分後には病室にいた。着替えたくてもパジャマもなく、ベッドに腰かけて、足をぶらぶらと揺さぶる。病室には案内されたが、それきり看護師もやってこない。春子は近くの店でさしあたり入院に必要なものを調達してくると出かけている。

足を揺らしていると、ベッドがぎしぎしと鳴った。

待合室も診察室も古かったが、病室はそれ以上に汚らしかった。床も壁も天井も灰色だったし、壁にいたっては穴が開いている個所もあった。なんの穴か考えたくなくて、目を逸らし、窓の外に目をやる。カーテンもシミだらけだった。こんな部屋で一晩だって寝たくなかった。

そのうちに受付にいた看護師が点滴の道具を持ってやってきた。

「あら、まだ着替えてないの？」

不愉快そうに眉をひそめている。

「今、買い物に行ってます」

聞こえているはずなのに、看護師は知らん顔をして、点滴の準備をし、横になるように指示した。

「ここにですか？」

そう聞き返したのは、シーツがしわだらけだったからだ。誰かが使ってから取り替えていないのか、人が寝た跡があった。枕には髪の毛もついている。

「そうよ。ここがあなたの部屋なんだから。早くしてちょうだい。点滴をしないと今日の業務が終わらないんだから」

なんの薬を打つのか、説明もなかったが、尋ねてみても教えてくれそうにもない。黙ってベッドに横たわり、腕を出した。ちくりと痛みがして、針が刺さったのがわかる。

「はい、いいわよ。明日には終わってるから」

そう言って看護師は立ち去って行った。終わるとは出産が済むという意味なのか、教えてほしかったがもう看護師はいない。

汚れた天井を見ていると、春子が荷物を抱えて部屋にやってきた。

「あら、点滴してるの？」

「うん」

顔だけを春子のほうに向ける。なにを買って来たのか、大きな袋を二つもぶら下げている。

「パジャマ、買って来たけれど、どうやって着替えたらいいのかしら？」

透明な袋に包まれたパジャマを持って、首を傾げている。

「看護婦さんにやってもらおうよ」

あたりを見回し、ナースコールを探したが、どこにもない。

「ナースコールのない部屋なんてあるの？」

不思議になって穂乃果は尋ねたが、春子がその答えを知っているはずがなかった。

「呼んでくるわ。点滴も始めたし、やってもらわなきゃならないから」

一人になって春子が買ってきた袋の中身を見ると、パジャマのほかにタオルやティッシュ、歯ブラシなんかが入っていた。春子なりに考えて、必要だと思われる品を買ってきたのだ。そういえばと考えれば、どのくらい入院するのかも聞いていなかった。全体的に説明が足りず、これから自分はどうなっていくのか、突然不安の影が、穂乃果の心中を覆い始めた。

医者は分娩するのだと言っていた。

まだ大きくなっていない子供をどうやって産むのか、穂乃果にはわからない。

手足が冷たくなり、小夜子と聡の顔が浮かんだ。

なにもかもあの二人のせいだった。こんな汚い病院にいるのも。育たない、育てられない子供を産むのも。

どうしようもなく腹をたてていると、さっきの看護師がやってきた。点滴をした状態で着替えをするらしい。看護師は点滴のボトルとルートをパジャマの袖に通し、続けて腕を入れるように説明した。言われるまま腕を突っ込めば、簡単に着替えはできた。

「まったく、支度くらいちゃんとして来てよ」

二人を罵っているのか、それとも独り言だったのか、会ったばかりの看護師にも頭にきた。

だが、春子は腰を折った。

「すみません、お願いします。すみません」

ぺこぺこと頭をさげる自分の母親の姿が、みっともなく見えてならなかった。

「そんなに頭ばっかさげてどうすんのよ」

看護師がいなくなってから、穂乃果は半分怒りを込めて言った。

「だって」

振り返った春子は心細そうな顔をしている。

「辛気臭い顔してさ。もう帰っていいよ」

ごろんと横になり、頭から布団をひっかぶる。薄くてかび臭い布団が、なにもかもを遮断してくれる。

「だって、お母さん心配で」

ぐずぐずと泣き出しそうな声に苛立った。それでなくてもあの二人にむかついているのに、余計気持ちがささくれだってくる。

布団の端っこをぎゅっと握りしめる。

「もういいわよ。帰って」

春子はまだぐずぐずなにか言っている。聞かないふりをした。

その格好で、いつの間にか眠ったらしい。夕飯だと起こされた。点滴は相変わらずつながっていて、透明な液体が規則的に体の中に入ってきている。

「夕飯だって」

春子がおずおずと差し出してきたのは、プラスチックのお膳にのったカレーライスだった。見るからに不思議なカレーでオクラやピーマン、かぼちゃがごろごろと入っている。

「食べられそう？」

不安気に覗き込まれる。お膳をひったくって、ばくばくと乱暴に食べた。腹はすいてなかったが、ここで食べなければ明日までなにも出てこないのだから、食べるしかなかった。

半分ほど食べてから、スプーンを止めて春子を見た。

「お母さんは？」

静かに首を振っている。

「なんか食欲ないからいいよ」

「ふーん」

穂乃果だってなかったが、無理矢理にのどの奥に押し込んだ。夕飯を食べると、なにもするべきことはなくなった。部屋にはテレビもなかった。時折、点滴をぶらさげてトイレまで歩いた。廊下は薄暗くて、受付だけが奇妙に明るい。なんだかおかしな世界に迷い込んだ気分になっていたその日の夜中に、激痛に襲われた。それはこれまで体験した覚えのない痛みだった。泊まり込んで、床にビニールシートを敷き、その上に布団を敷いて寝ていた春子もうめき声に驚いて起き上がり、腰のあたりをさすってくれた。

「陣痛がきたんだろうか」

暗闇の中ではっきりと穂乃果には見えなかったが、春子の不安気な様子が伝わってくる。穂乃果のほうはそれどころでなく、ひたすら繰り返される痛みに必死で耐えるしかなかった。

痛みに襲われるたび、小夜子と聡の顔がちらつき、一生かけて恨みをはらしてやろうと思った。許すもんか、と穂乃果は誓った。

たった一人の妹だった。自慢の妹だった。かわいがってもやった。それがこの仕打ちだ。

「しっかりして。看護婦さん、呼んできてあげるからね」

耳元で春子にそう言われた。すぐに駆け出していく足音が聞こえてきた。穂乃果は暗い部屋に一人きりになった。腹を抱えてうずくまる。腰のあたりも痛い気がした。いや、腰から下全部かもしれない。

やがて春子が看護師と一緒に戻ってきた。看護師はちらりと穂乃果の顔を覗き込み、自分の腕時計を眺めた。

「まあ、まだまだだから」

投げやりにそう言うと、部屋を出て行ったようだ。追いすがる春子の声が聞こえてきた。なにかを必死に訴えている。はっきりとした内容はよく聞き取れなかった。泣き出しそうな情けない声だった。

暗闇の中で、穂乃果は痛みに耐え、心の中で小夜子と聡に罵詈雑言を浴びせた。

繰り返される痛みは、時間の感覚を忘れさせた。窓の外が明るくなったから、朝になったと感じ、二度目の食事が出たから、昼だとわかった。こんな状況で、ものなどのどを通るはずもなく、手を付けないまま片付けられた。

断続的に続く痛みに耐えるため、奥歯を嚙み締め続け、いつからか口の中は血の味が広がっていた。歯ぐきから出血しているのだと理解しても、止血する方法を知らず、知っていたとしてもどうしようもなかった。看護師はときどきやってきたが、それだけだった。ほとんど一日中痛みに耐え、春子はそばでおろおろし、ようやっと分娩室に運ばれたのは、真夜中だった。

タイル張りの分娩室は、これまで目にしてきた病院の中のどこよりも汚く、暗く、生臭いにおいが漂っていた。実際何度か吐きそうになったが、胃の中はすでに空っぽだったらしく、苦い液体だけがせりあがってきた。

ぱっと口から液体が吐き出されたが、付き添っていた看護師は拭ってもくれなかった。髪にまでついたが、自分でもどうにもできず、すっぱいにおいを嗅ぎ続けなければならなかった。

「ちょっと、変なもの吐かないでよ」

手を出さないかわりに、看護師は渋い顔つきをしていた。言い返したくても腹の痛みが強く、どうにもならなかった。

腰が砕けそうだ。

もし腰が砕けて歩けなくなったら、それこそあの二人を恨み続けてやろうと誓った。恨んで恨みぬいて、最後は川に飛び込んで死んでやろうと決めた。あの二人は嘆き悲しむだろうか。少しは反省して、謝ってくれるだろうか。そのときになってももう遅い。

死んでやる。恨みながら死んでやる。

「死んでやる！」

言葉が迸るのと同時に、足の間からするんとなにかが抜け落ち、下半身が熱い液体で濡れた。

終わったのだと知った。穂乃果を苦しめ続けた元凶から解き放たれた。

右手で太もものあたりをさする。触っている感覚がわかり、自分の足も無事だったと安心した。とたん、猛烈な眠気が穂乃果を襲う。

大きく口を開け、胸いっぱいに空気を吸い込む。生臭い空気ではあったが、満たされて穂乃果は目をつむった。

目覚めると、春子が椅子に腰かけて転寝をしている姿が目に飛び込んできた。疲労感がその顔に滲んでいる。

起き上がり、そっとベッドから足をおろし、床につけて立ち上がる。頭が幾分ふらついた。そろそろと歩いてみる。頭が左右に揺れる気はしたが、問題なく足が動いて安心感が広がった。生まれてきた子供の行く末よりも、自分の腰が砕けて、歩けなくなるほうが心配だった。部屋のドアまで行ってベッドに戻ってくると、気配に気が付いたのか、春子が顔をあげた。

「ああ、起きたのね」

穏やかな笑みが浮かんでいる。春子も安心したのだろう。

「お腹すいた？」

「そうねえ、うん、すいた」

「朝ご飯取っておいたから」

見ればテーブルにお膳がのっていた。朝ご飯があって、昼が届いていないのなら午前中なのだろうが、正確な時間は不明だった。

「食べるよ」

おかしな病院で、食パンに味噌汁という献立だった。添えられていたマーガリンを食パンにつけ、むしゃむしゃと食べる。パンを口にしたと同時に、猛烈な空腹感が襲い掛かってきた。

味噌汁も卵焼きも冷え切っていたが、あっという間に平らげた。

器は空になったが、腹八分目にも満たず、物足りなかった。

「なんかある？」

空になった器を押しやった。

「食べ物？」

「うん」

「お昼までもう少しだから」

そう言われれば納得するしかなかった。

「もう少し寝る？　ご飯が届いたら起こしてあげるから」

気まずさが漂っていた。だから寝かせてしまいたかったのだろうが、首を振った。さすがにもう眠れそうにもない。

昼ご飯が来るまでの間、会話はなかった。できなかったというほうが正しいのかもしれない。

子供は男の子だったのか、女の子だったのか。その子は今、どうしたのか。部屋にやってきた看護婦から死産証書を渡されたが、春子がその後それをどうしたのかすら知らなかった。なにもかもどうでもよく、穂乃果はなんの興味もなかった。子供などあの憎たらしい二人を思い出させるだけの存在で、すべて忘れてしまいたかった。

産まれた子供の行方も。あの二人の存在も。

ここに入院している間はいいが、家に帰ったら小夜子がいる。今までどおり、仲良くしていく自信は欠片《かけら》もなかったし、するつもりもなかった。

小夜子を思い出すと、どうにもできない感情に揺さぶられてしまう。家を出ていこう、と穂乃果は決めた。できるだけ早く。どんな形でもいいから、出ていこうと誓った。

分娩とともに、旅館を継ぐという夢まで壊されてしまった。

その日から四日後に退院した。その間、春子はずっと病院に泊まり込んでいた。退院する日も二人で電車とバスを乗り継いで帰った。

家に着くと、和夫が待っていた。

「客が来てる。早く手伝ってくれ」

穂乃果に言ったのか、春子に言ったのか、どちらとも取れなかった。ただ和夫はなにもなかったように、ふるまっていた。入院してどうしたのか、子供はどうなったのかも聞かれなかった。それでよかったと穂乃果も思った。けれど旅館の仕事を手伝う気持ちにはなれず、三階にある居間に飛び込んだ。自分の部屋には行かなかった。今後は小夜子と部屋を別にしてもらおうと決めた。春子と同じ部屋でいい。机もなにも運んでこなくていい。

小夜子と二人の時間をつくりたくなかった。

その日から、どうやって家を出ていくか、そればかりを考えていた。

4

実家に帰ってから二週間ほどたったが、あれきりなんの連絡もなかった。当然病院からもない。

あきらめて自分の意見を受け入れたのかもしれないと、穂乃果は一人で勝手に納得しながら、家事をし、週に三日のパートに精を出した。

二〇一九年の一月の終わり、いつも通りにパートに行き、午後一時に帰宅した。平日なので家には誰もおらず、冷え切っていた。ヒーターのスイッチを入れてからコートを脱ぎ、スマホが鳴っているのに気がついた。

篤紀だった。店で会ったばかりだが、プライベートな用事かもしれない。

「今一人か？」

通話ボタンを押すと、すぐに尋ねられた。

「もちろん。珍しいわね、電話」

普段の連絡はすべてラインだった。電話をかけるときも、ラインで断りを入れてからかけてくる。

「まあな。早く知らせたほうがいいだろうと思ってさ。ラインだと詳しく話せないしな」

「いい話？」

くすくすと笑いながら、穂乃果は聞いた。

「小夜子さんに連絡がついて、会ったよ」

「へー。旅館まで行ったの？」

「いや、高崎で会ったよ。アクセスはインスタからした。彼女、まめだな。いろいろアップしてたよ。で、そこから。返事も早くてさ。一日に何十回とやりとりしてから会った」

「うん、で、どう？」

「だから会ったよ」

「すぐに食いついてきたでしょ。男日照りだから」

あの町にいる男など限られている。だから弘之との結婚を強く拒絶できない。

「話はいろいろしたよ。でも、本当にいいのかよ。いい子だったよ。おまえとは大違いで」

「失礼ね」

「年のわりに若く見えるしな。頭の回転も速いし、立ち居振る舞いもいい。旅館経営してるのもうなずける」

「あら、そう」

小夜子をべた褒めされて、気分が悪くなった。

「でさあ、本当にいいのかよ。俺、なんか心痛むよ」

「情けは無用よ。ちゃんと頼んだとおりにやって」

そう、情けはいらない。小夜子には。

「まあ、やるだけはやるけどな」

「しっかりしてよ。期待してるんだから」

「わかった。まあ、途中経過報告ってことで」

「了解。引き続きお願いね」

通話を切ると、穂乃果はうれしくなった。篤紀がうまくやってくれれば、小夜子を痛めつけられる。

復讐は何度やっても楽しい。

笑みを浮かべていると、またスマホが鳴った。

今度は実家だった。春子がかけてきたのかもしれないが、小夜子かもしれない。春子からならすぐに出たいが、そうでなかった場合は面倒だ。

小夜子がかけてきたのなら、まだ諦めていないからだろうか。ほかにかけてくる理由が思い浮かばない。

ご飯を止めるとか、殺すとか、正直聞きたくない。

通話のボタンを押そうか押すまいか迷っているうちに、呼び出し音がぷつりと切れ、またすぐに鳴り出した。立て続けにかけてきたならよほどの用件だろうと、スマホを耳に当てた。

春子の声が聞こえてきた。

「小夜子がね」

おどおどとした言い方だった。

「うん、小夜子がどうかした？」

「もう二月になるし、流動食をいい加減やめてもらうって。そうしないと自宅に連れて帰れとか、どこか探せとか無茶ばかり病院から言われて耐えられないって」

「待ってよ。わたし、オーケーを出さないわよ。お母さんだって知ってるでしょう」

「知ってる。だからこうして電話したの。あとあとなにか問題になると困るからと思ってね」

「もう問題になってるじゃない、ちゃんと止めてよ」

「でもね、病院に行ってるのはほとんど小夜子なんだよ。旅館のほうも今は小夜子がメインでやってるし。あの子なりに一生懸命なんだよ。それを知ってて、どうしてわたしが止められるの？　考えてみてちょうだい。あんただって、ろくすっぽ病院にも行ってないでしょう。わたしも小夜子任せでね。小夜子はずいぶん病院の看護師さんから責め立てられてるみたいなんだよね。お国の決まりは九十日だって。それでとうとう怒り出してね、病院の医者には、小夜子が直接伝えるって。穂乃果も許可したって。そう言えばいいって誰かに教えられたみたいなんだよ。だからそう伝えて、実行に移してもらうって」

「待ってよ、それって病院を騙《だま》してるんじゃない」

「そうだけどね、そう決断した小夜子の気持ちを考えるとね」

「冗談じゃないわよ。お母さんはそれでよくっても、わたしはいやなの。それになにかあって困るのは病院なんじゃないの。わたしが病院を訴えるのもできるのよ。そうなったら困るのは病院よ」

「お金はどうするの？」

「お金？」

「訴えるなんて金がかかるじゃないか。まして病院を訴えるなんて、半端な金額じゃすまないだろう？　そんなにお金持ってる？　それとも祐一さんが出してくれるの？」

答えられなかった。

穂乃果自身の貯金はないし、祐一は金の用意はしないと言っていた。

「無理でしょう。それにろくに病院に行かない人の話を病院が本気にして聞いてくれると思う？　だから小夜子は、姉からの答えは自分が聞いた、で押し通すつもりでいるんだよ。病院も困ってる。それはわたしにもわかる。どんな形であっても退院さえすればいいって考えてるみたいだよ？　そんな状態で訴えたってどうにもなりゃしないよ」

小夜子の意見に、春子は賛成している。だから肩をもって説得するためにかけてきたのだ。

「もう一度、行くわ。そっちに。それでよく相談しましょう」

気は進まなかったが、小夜子の思いどおりにさせるのだけは阻止しなければならない。


温泉町のバス停に降り立ったときは、すでに真っ暗だった。

無理もない。前橋まで来たはいいが、乗り継ぎが悪く、結局そこで一時間ほどの足止めを食らって、最寄り駅に着いた。

和夫の入院先まで行こうかどうしようか、駅前でずいぶん迷ったのだが、やってきたバスに追い立てられるように乗り込んだ。それが四十分ほど前だ。

山奥にある温泉町は、天気がよくて太陽が出ていればいいが、そうでなければ夜になるのも早い。しかも今は冬だ。天気も悪く、本降りの雪だった。

バスから降りて傘を広げるわずかな合間に、服や髪が雪にまみれた。

振り払うのも面倒で、雪をのせて家まで行った。今夜は客がいないのか、駐車場には車が一台もない。電車で来る人もいなくはないが、客用の玄関には靴もない。泊まり客はいないという証拠だ。

濡れた傘を客用の玄関の壁に立てかけ、階段を駆け上れば、春子がのんきにこたつに入り、うとうとと惰眠をむさぼっている。

その肩を激しく揺さぶった。

「小夜子は？」

はっと目を開いた春子と、ぴたりと視線があった。

「小夜子はどこよ」

「今夜は客もないから、高崎まで出かけてるよ」

「何時に帰るの？」

「さあ」

白くなった髪の毛を揺らす。

「待たせてもらうわ」

そこで初めてコートを脱いだ。雪を払わなかったコートは、そこかしこが濡れている。

「一人で行ったの？」

濡れた部分をタオルで拭いた。

「そうだと思うよ」

「思うって？」

しきりに動かしていた手を止める。

「高崎に行くとしか言っていなかったから」

篤紀と会っている可能性もなくはない。ラインを送り、返事を待つ。すぐに来た返信は「家にいる」という内容だった。

「弘之は？　弘之と一緒じゃないの？」

篤紀と会っていないなら、弘之と一緒でもおかしくはない。

春子はさあ、と首を傾げている。

「弘之の店に行ってくるわ」

タオルを放り投げ、乾いていないコートを羽織って、外に出た。夜に向かうと同時に、雪の降りも激しくなっている。視界が白い。

さした傘は、すぐに雪で真っ白になった。酒屋まで徒歩で五分程度だったが、店の前に着くと傘が雪で重くなっていた。

斜めに傾げて雪をおろしてから、たたんで店に入ると、棚の前で腰を折って、酒瓶を並べている弘之がいた。

「店にいたの。いないかと思ったわ」

「なんで？」

「小夜子が高崎に行っているそうなのよ。帰りを待ちたいの。それで何時ごろに帰ってくるのか知りたかったのよ。あなたと一緒に行っているなら、ここに来れば帰り時間がわかると思ったの」

「親父さんの話か？」

酒瓶を並べる手を止めなかった。

「そうよ。あの子の言いなりになんかなりたくないから」

折っていたひざを伸ばし、天井に顔を向けて、腰のあたりを撫でた。

「俺の忠告なんか聞くか。あのじゃじゃ馬が。もちろん穂乃果の意見もシカトだ」

「わたしはともかく、弘之は結婚するのよ。婚約者の言葉には従うでしょ」

「どうかな」

「じゃじゃ馬の手綱、しっかり握っててよ。高崎に行くのだって。客がいないからいいようなものの」

ふん、と唇の先を尖らせる。なにもかもが不服だった。

「たまにはそうやって出かけたいときもあるよ。なにしろこの町は狭いから。遊ぶとこもないしな」

今時、コンビニもカラオケボックスもない町だったが、観光協会はそれを売りのひとつにしている。

「あんた、やさしいのね。また小夜子をかばってる」

「そりゃあよう。ずっとこの町にいるんだよ。俺はさ、長男だし、家を継ぐのは当たり前って子供の時から思ってたけど、小夜子は違うだろう？　なんかさ、いろいろ納得できないんだよ。たまに高崎くらい行ってもいいじゃないか」

「行っちゃいけないなんて言ってない。でもあの子にはあの子の役割がある。それはやってもらわなきゃ」

「まるでお目付け役だな。俺と結婚したら、もうやめてほしいよ。あんまりかわいそうすぎる」

穂乃果を責めているのか、口調は乱暴だった。

あがっていくか？　と問われて、首を振り、さっさとその場を後にした。

家に帰ると、やはり春子がこたつに足を突っ込んでいる。

「待ってるわ。帰るまで」

春子の隣に座り込んだ。春子はいいとも悪いとも言わなかったし、家は大丈夫かとも尋ねなかった。

ストーブの上でやかんは白い湯気をたて、窓には結露がべったりと張り付いていた。


待ち続けている間に夜も八時になったので、祐一に連絡をして、今夜は帰れないと告げた。

「こっちはかまわない。よく話し合って」

小夜子の肩を持っているのか、穂乃果にあきらめるように言っているのか、祐一の口調ははっきりしなかった。それがなんだか悔しくてならず、唇を噛んだ。

「どうした？　祐一さん、泊まるのは駄目だってか？」

スマホを眺めている穂乃果に、春子は視線を投げつけた。

「そんなんじゃないわ。ゆっくりしてきていいって」

「そうか、なら、いいけどね」

安心したのか笑みをつくり、春子は台所に行った。夕飯の支度をするつもりらしい。

その晩、二人だけで夕飯を摂《と》った。

「来ると知っていれば、もう少しなにか用意したんだけど」

申し訳なさそうに、焼いた鮭の切り身をほぐしている。

鮭の切り身、漬物、ポテトサラダ。

どれもこれも、日頃客に提供している料理だった。残りものを家人の食事にしているのだ。穂乃果が家にいたときは、家族の食事は別につくっていたが、それは穂乃果たちがまだ小さかったからだ。大人になれば、とりあえず空腹が満たされればそれでいいし、ほしいものがあったら自分でなんとかできる。

「小夜子はよく高崎に行くの？」

漬物を白いご飯にのせる。

「うん、友達もいるし。買い物でもなんでも、高崎のほうがいろいろ揃うから」

「そう」

漬物とご飯を一緒にして、口の中に放り込む。

春子も黙々と、箸を進めていたが、突然手の動きを止め、宙を睨んだ。

「あの子だって、ずっとこんな山の中に閉じ込められていたら息が詰まってしまう。たまには羽をのばしたいときもあるんだよ。ずっと黙って旅館の仕事をやってくれているんだから文句は言えないし、少しくらい自由にしてもいいんじゃないかな」

言い終えると、また箸を使い始めた。

「でも、お母さん、旅館の仕事、もうかなり辛いんでしょう？」

小さな両肩が、かすかに持ち上がった。

「今夜は確かに予約もないけど、突然来る客だっているんでしょう。そんなときはどうするの？　お母さんが一人で対応するの？　食事の支度や布団の上げ下ろしまで？」

「うん、まあ」

曖昧に、口をもごもごと動かしている。

「駄目よ、そんなの。掃除やなんかもあるし、電話だってかかってくるし。一人でするなんて無理よ。二人でやったってぎりぎりなんだから。人は雇えないでしょう。タダじゃないんだから。そりゃ、遊びに行きたい気持ちは理解するけど、旅館だってお父さんだってちゃんとしなきゃ。お母さんも叱ってよ。旅館を守っていくのは、あの子の役目なんだから。それが家に残った者の務めじゃないの。そういうの、お母さんが言えないなら、わたしがちゃんと言うから。何度でも言うから」

憤慨する穂乃果の前で、春子は黙々と箸を動かしている。なにも言わない。小夜子に対しての文句も仕事の愚痴も。

「なんていうか、ここは狭いから」

食事を終え、お茶をすすりながら言う。口元にあったしわが、奇妙な動きを見せた。しわの深さが年齢を、苦労を物語っている。

「そんなの知ってるわ。だからわたしだってここにいられなくなったんだから！」

そう言った穂乃果の前で、春子は背中を丸めてお茶を飲んでいた。

食事を終えて、同じ部屋に布団を敷いて横になった。

二人で枕を並べるのは、なんだか居心地が悪い。となりにいる春子の息遣いが気になり、なかなか寝付けなかった。

翌朝起きて布団を片付け、二人が朝ご飯を終えても、小夜子は帰ってこなかった。穂乃果と違って自分の車で出かけている。電車の時間など関係がない。

納豆に味噌汁、温泉卵といった、やはり客に出す残りもので朝ご飯を済ませると、春子は客室に降りて行った。一組だが、今日は予約が入っている。春子によれば、チェックインの時間までには、いつも必ず帰ってくるというが、不安は隠せない。

もしチェックインまでに帰らなければ、旅館の仕事はすべて春子が担わなければならない。年を取り、小さくなったあの体で、旅館の仕事を一手に引き受けるのは無理だ。かといって長く家を離れていた穂乃果に、手伝いは難しいし、そんな気持ちもさらさらない。

穂乃果は家の中を歩き回っていた。スマホが繋がればまた話は別だったが、昨夜から呼び出し音が響くだけだった。おかげで旅館の前を車が通ってエンジン音がするたびに、窓をちらりと見てしまう。小夜子の車じゃないと落胆し、怒りを覚えた。

苛々しながら待ちつづけ、十一時を過ぎるころ、ようやく小夜子が帰ってきた。

階段を駆けおり、コートも持たずに外に飛び出した。

運転席から降りてきた小夜子は、ちらりとこちらを見ると眉をひそめた。

「来てたの？」

車の後部席から荷物を取り出しながら、ひどくぶっきらぼうに言った。

なにを買ってきたのか。ユニクロやビックカメラ、しまむらの袋を三つも四つも引っ張り出している。

「ちょうどいいわ、ひとつ持ってよ」

ユニクロの袋をひとつ渡された。瞬時に地面に投げ出す。今日の天気はいいが、日陰で昨日の雪が残っている。

雪の上を袋が滑っていった。

「なにするのよ」

「なに、じゃないわよ。小夜子こそなんなの。ひと晩、家を空けて平気なの？　その間、お母さん、ずっと一人なんだよ。今日は予約の客が入ってるんでしょう。お母さん、一人で掃除したりしてるよ。小夜子がちゃんとやんなきゃ駄目じゃないの」

「だったら穂乃果がすればいいじゃない。旅館の仕事もして、お父さんの面倒も看てよ。そしたらわたし、東京に出ていく。穂乃果がここに帰ってきてよ。わたしだって、好きでこの旅館を継いだんじゃない。好きでお父さんの面倒を看てるんじゃない。穂乃果が出て行ったから、仕方なくやってるだけなんだ。押し付けられて、仕方なく。だから全部やってよっ！」

「わたしは好きで出て行ったんじゃないよ。最初はわたしが継ぐ予定だった。小夜子だって知ってるじゃない。でも小夜子のせいでここにいられなくなったんだ。勝手ばかり言わないでよ」

「勝手ばっかりやってるのは、どっちよ。わたしはもうたくさんっ！　お父さんの介護も旅館の仕事も全部捨てたいんだよっ」

「生きている以上、しょうがないことはあるでしょう」

「その通りよ。わたしは仕方なく旅館を継いだの。そのせいで、好きな人とも結婚できなかったんだからっ。しかも二度も」

「だからなによ。好きな相手と結婚出来ない人なんてたくさんいるわよ」

「そういう言いぐさが腹立たしいのよ。喧嘩売ってるの？　おまけに今度は、寝たきりのお父さんの面倒まで看させられてさ。しかも次は家で面倒看ろですって？　冗談じゃないわよ。どこにそんな時間と余裕があるのよ。挙句、好きでもない男と結婚させられそうだし。弘之は嫌いじゃないけど、結婚してまで一緒にいたいかと言われるとまた話は別。でも年も年だしさ。こんな女を快くもらってくれる人が、ほかにいると思う？　旅館と寝たきりの父親を抱えた女なんか、誰が結婚したいと思うのよ。我慢するしかないでしょ。そしたらお父さんが邪魔になってくるじゃない。いくら弘之が納得してたって、やっぱり邪魔だよ。今のお父さんは、みんなに迷惑をかけるためだけに生きてんだよ。死んでほしいと思っても、無理ないでしょ」

叩きつけるように言うと、小夜子はそっぽを向いた。

「小夜子はお父さんが邪魔だから、殺したいの？」

「そうよ」

はっきりとそう答え、大きく小夜子はうなずいた。

「邪魔なのよ。弘之は理解してくれてるけど、人の気持ちなんてどこでどうなるかわからないじゃない。そんなの穂乃果が一番よく知っているでしょう。長女のくせに、なにもかもほっぽり出して逃げ出してさあ」

「子供ができたんだから仕方ないでしょ。帰りたくっても帰れなかったし」

「妊娠て都合のいい言い訳よね。穂乃果よりも先に妊娠したかったよ。先に妊娠して結婚して出ていきたかったよ。本気でもうなにもかも捨てたいよっ」

興奮しているのか、頬が赤く染まっていく。

「小夜子、今はそれよりもお父さんでしょう。お父さんを死なせようなんて考えは捨てなさい」

「そんなに言うなら自分の家に連れていきなさいよ。そうしたら好きに面倒看られるじゃない。死んでほしくなければ、ちゃんとしてよ。わたしの決断が気に入らないんでしょ。だったら自分の近くの病院に突っ込むなり、家に連れて帰るなり、好きなように面倒看ればいいんだわ。行きなさいよ、今すぐに！」

積もった雪を、小夜子はつま先で蹴飛ばした。

「今の病院に頼んで入院させ続けてもらえばいいじゃない。さすがに追い出したりしないでしょ」

ふんっと小夜子は、勢いよく鼻から息を吐き出した。

「今までさんざんごねてきたの。九十日過ぎたら、退院しろなんて、入院したときからずっと言われ続けてきたんだから。それをごまかしてきたのよ。だって家には帰って来れないし、ほかにどこに入院させせんのよ。なんにも言われたくないから、こそこそと見舞いに行ってさ。ナースステーションの前を通らないような工夫したりしてんのよ。病院からの電話にも基本的には出ないようにしてんの。そうしないといつ退院するんですかって、早くしてくれって催促ばつかりするんだから。退院って言ったって家にどうやって帰ってくんのよ。誰が面倒看るのよ。無理よ、無理。それを穂乃果だけが知らないのよ。なんにも知らないくせに、口ばっかり出してきてさ。金も出さないしさ。あんたなんか形だけの姉だよ。もうたくさん。穂乃果なんか姉だなんて思ってないから。姉妹の縁が切れるものなら、今すぐここで切りたいよ」

「あら、わたしはとっくのとうに切ってたわ。小夜子、自分がなにをしたのか、よくよく思い出してよ。自分が原因でしょうが」

「それだって」

苦し気に、小夜子は息を吐き出す。

「そもそもは自分が悪いんじゃない。ちょっとかっこいいからって、都会から来た男にくっついていったのは自分じゃない」

「その男に、そう仕向けたのは誰よ。あの人をたきつけたのは誰よ。二人してわたしの人生をめちゃくちゃにしたんだ。わたしだって旅館を継ぎたかった。それがわたしの夢でもあったのに、壊したのは小夜子じゃないの!」

そうだ。この町にいられなくなったのだって、あの男が原因だ。小夜子を都会から追いかけてきたあの男が。

当時を思い出しては、はらわたが煮えくりかえる。

「小夜子が、東京にさえ行かなければ。あんな仕打ちさえしなければ」

「本気にするとは思わなかったのよ」

顔を背け、唇を震わせる。

「どっちが。わたし？　男のほう？」

横を向いた小夜子は、目を伏せた。

「両方」

小さくささやきにも似た声だった。

記憶の底に追いやった男の顔が思い出された。吐き気がこみあげてくる。

「そのおかげでわたしがどうなったか、あんただって知ってるでしょう！」

そう吠えた穂乃果の脇を、小夜子が買ってきた荷物を抱え、逃げるようにして建物の中に入っていった。


旅館に戻ると、玄関にいた春子が階段の奥を仰いでいた。

「小夜子、どうしたの？　なにを言ったの」

穂乃果と階段の奥に交互に視線を走らせてから、春子は怯えたように尋ねた。

「ものすごい音をたてて駆け上がっていったけど」

不安気に目が泳いでいる。

「あの子、二度も、結婚できなかったって本当？」

「小夜子から聞いたの？」

「うん」

「そう」

春子の指先が、顎のあたりに移動する。

「一度目は穂乃果も知ってるよね。二度目は十年くらい前かな。婚約まではしたんだけどね、相手のご両親が反対してね。結局破談になって」

「反対？」

「うん。親御さんは二人とも学校の先生でね、相手の人もお役所勤めで。辞めさせたくなかったんだよ。本人も旅館を継ぐのは困るって。でも結婚するなら、二人で旅館をやらなきゃ駄目だってお父さんが譲らなくてね」

「それで破談か」

いい気味だ。それもこれも、穂乃果をあんな目に遭わせたからだ。穂乃果も階段の奥に目をやった。まだ客が訪れていない階段は電気もついておらず、薄暗い。

ぽっかりと大きな穴が開いているようだ。

「小夜子はすべてを納得してくれたはずなんだけどね。わたしにとっては、二人とも大切な娘だから幸せになってほしい。だから今度の結婚話は、なんとかまとめてやりたいんだよ」

穴の奥を見つめて、春子は力なくそう言った。

弘之との結婚は、春子にとってありがたい話なのだ。気持ちを知っているから、小夜子も断り切れず、なんとか受け入れようと努力しているのだろう。けれど穂乃果にはなんの関係もない。

「二人って、わたしと小夜子？　一緒にしないでよ」

「そうよ。二人とも大切な娘よ。娘の幸せを願わない親なんていないでしょう」

「わたしはともかく、なんで小夜子の幸せを願うのよ」

穂乃果が鋭く言うと、心底驚いたのか、春子は両方の腕を抱きしめる。

「だって娘だから」

「わたしがこの町にいられなくなった原因をつくったのはあの子だよ。それでも幸せになってほしいなんて言うの？　わたしはいや」

「そりゃ、結果としてそうなったけれど、そもそもあれは相手の男が悪かったんだよ。そうでしょう？」

「だから小夜子は全然悪くないの？　あんな男に妊娠までさせられて、町中のうわさになったのに。しかも小夜子がけしかけたんだよ。わたしを落としてみろなんて言ってさ。お母さんだって知ってるじゃないの」

「知ってるけど、もう時間はずいぶんたったじゃないか。それでも仲良くできないの？」

恐る恐る首をすくめて尋ねてきた。

「無理でしょ」

顔を合わせればいがみ合うだけの姉妹が、どうやって折り合いをつけていくというのか。

気持ちを摺《す》り寄せるつもりもない。

姉妹でいがみ合い続けている。その間に、春子と寝たきりの和夫がいた。

「とりあえず家に帰るわ。顔をあわせて話し合っても無駄よ、無駄無駄。よくわかったわ」

「うん、気をつけて」

引き止める気持ちはないらしかった。あるいは無理だと思っているのか。

「ねえ、お母さんは正直どう考えてるの？　お父さんに生きててほしいの？　それとも小夜子の意見に賛成なの？」

春子の頬が、ぴくぴくと痙攣している。

答えを待ってみた。だがいつまでたっても答えようとしない春子を目にして、ふ、と息を小さく吐き出した。

「お母さん、しっかりしてよ。ちゃんと小夜子を止めてよね。じゃ、帰る」

荷物を取りに三階にあがると、小夜子の部屋のふすまがぴたりと閉じられている。そこにいるのかどうなのか、中からは物音一つしなかった。

コートとバッグを手にして、家を出た。

好きな男との結婚も許されず、小夜子はこの小さな温泉町に閉じ込められてしまった。これまでは旅館と両親に。そしてこれからは結婚相手の弘之に。

すべて身から出た錆《さび》だ。

バス停に行く前に、弘之の店に寄った。

今日も弘之は店番をしている。仕事に対して真摯《しんし》に取り組み、真面目なんだろう。この町から離れるなんて、微塵も考えていないはずだ。小夜子にはちょうどよすぎる相手だ。

「帰るのか？」

レジに座っていて、立とうともせずにそう言った。

「うん、帰る。やっぱりさ、駄目なのよね。わたしと小夜子はさ。もう駄目なんだよ。仲のいい姉妹にはなれないし。かといって他人にもなりきれない。何年たっても憎しみは心の奥底から湧き上がってくる。弘之に理解しろとは言わないけどさ」

弘之は黙っていた。なにも答えなかった。穂乃果ももうなにも言わずに、そこから離れ、バス停に向かった。

＊

二学期の始業式は一週間も前に済んでいた。退院したのが一九九六年の九月の一週目で、次の週から学校に行った。小夜子と同じバスにはわざと乗らなかった。家でも話しかけもせず、顔すら見ないようにした。家を出ていくまでそうし続けなければならないのかとうんざりする。

バスを一本遅らせたが、遅刻にはならず、ぎりぎりホームルームには間に合った。教室に入っていくと、クラスメートの視線が集中する。

みんな知っている。

全身から血の気が引いたが、ここで帰ればそれこそ本当だと認めてしまう。

わざと胸を張り、大股に歩いて席に行くと、弘之が近付いてきた。

陽気な笑みを浮かべて、手を振って。

「盲腸、こじれたんだって？」

真実が言えるはずもなく、まわりには盲腸で休んでいると言ったからと、学校に行く前に春子に言い含められていた。

「うん、まあ」

下腹部に手を当てる。

「傷、痛むのか？」

顔を覗き込まれた。

「うん、そうね」

「盲腸って言ってもよう、腹切ったんだもんな。大事にしないとな。帰りは一緒のバスに乗ろうよ。鞄持ってやるよ」

親切にされればされるほど、他の生徒の言動が気になった。

「まあ、大事にな」

ぽんぽんと背中を叩かれた。その日は一日針のむしろの上だった。こんな状態が一体いつまで続くのか、穂乃果は考えるのも怖かった。

言葉通り、帰りは弘之と同じバスに乗り、鞄を持ってもらった。弘之は親切にシートに座らせてくれたし、労わってくれた。

すべてを知っていて、知らないふりをしている弘之に感謝をしなければならないのに、家の前にあるバス停に降り立ってから、悪態をついた。

ひったくるように鞄を奪ってから、単調な声で言った。

「全部、知ってるくせに。なんでそんなにやさしいの？」

「なにを？」

「妊娠してたんだよ。知ってたんでしょう？」

「知らねえよ。入院したのは盲腸がこじれたからだろう？　おじさんもそう言ってたし、学校の先生もそういう説明をみんなにした。それでいいじゃねえか」

「駄目よ」

「駄目じゃねえ。盲腸がこじれて入院が長引いた。それでいいじゃねえか」

「意外とやさしかったのね」

意地悪く言っていた。

「知らなかったのか？」

「うん、ぜんぜん」

「じゃ、考え方変えろ。明日も学校には来い。それと余計なお世話だろうが、小夜子ちゃんとは仲良くやるんだ。いいな」

穂乃果は弘之を思わず睨みつけていた。弘之は真面目な顔をして、じっと見つめている。

「本当に余計なお世話よ。仲良くなんかしないわよっ。もうできないよ。もう戻れないよ。そんなつもりもないし！」

そう吐き捨てながら、改めて思い知らされた。

もうなにもかも取り返しがつかない。気持ちも、自分の体も。家族との関係も。

「無理なんだよっ！」

その場から逃げ出した。真実を知りながら、しらばっくれてくれる弘之の存在はありがたかったが、この先、町の人たちも学校のクラスメートもみんな穂乃果を異質な人間、道を踏み外した者として見るのは変わらない。

原因をつくったのは、小夜子だ。

言ってみれば穂乃果は被害者だった。それなのに、犯人扱いされている。悔しくてならなかった。

家に飛び込むと、声を殺して泣いた。

一生許さない。

恨んでも恨んでも、まだ足りなかった。

家の中の空気は殺伐とした。旅館の仕事も家事も一切しなくなった。誰とも顔を合わせないように気を付けながら生活した。

小夜子との会話は当然なくなったが、和夫とも話をしなくなった。もともとはいい関係があったと思う。嫌いになったのではないが、気まずさは拭いきれなかった。その気まずさがいつも漂い、和夫との距離を遠ざけてしまった。小夜子みたいに憎んでいるのではないから、いつか普通に会話も可能になるだろうが、完全に元通りには戻れない気がした。

学校は相変わらずだった。弘之以外は誰も近寄って来なかった。そんなときに、進路指導の三者面談があり、春子が学校にやってきた。

担任は二年生からの持ち上がりではなかったが、進路の希望は聞いていたらしく、専門学校の線で話を進めてきた。穂乃果は首を振った。

「わたし、東京の短大に行きます」

春子は驚いたらしく、顔をあげた。

「もう決めましたから」

若い、大学を卒業したての教師は大きくうなずいた。担任教師だけには、本当のことを説明したと聞いている。長く学校を休むためには仕方なかったと春子に教えられた。それだけに地元に残ったり、旅館を継いだりするのは酷だと思ったに違いない。

「でも、それじゃ、旅館はどうなるの？」

驚きを隠せず、自分たちの将来にも関わってくるだけに、春子は顔色をかえてそう尋ねた。

「知らないわよ。小夜子が継げばいいじゃない。わたしは短大に行って東京で仕事を探すわ。旅館はどっちか一人でいいんだから」

「でも、あの子は、とても」

「とてもなんなのよ」

「今までだってろくに手伝いもしなかったし、無理だよ。穂乃果じゃなきゃ」

「でももうあの町にいたくない。わたし自身ももう継ぎたくなくなったから」

そうだ。夢は破れてしまった。小夜子のせいで。

春子は項垂れて、口をつぐんだ。

長女と次女だから、ものの考え方が違う。小夜子は旅館を継ぐ気持ちなどさらさらないはずだ。これまでだって旅館は関係ないとばかりに、ろくに手伝いもしなかった。そんな小夜子に跡が継げるとは考えられないが、これればかりはあきらめてもらうしかない。

そもそもの発端は、小夜子にある。

旅館の未来すらも変えてしまったのだ。それなりの責任は取ってもらわなければならない。それが小夜子に与えられた義務だ。

春子はもうなにも言わなかった。

その日から、穂乃果は受験勉強を始めた。いまさら遅い気がしたし、どこでもいいなら推薦という手もある。実際、三者面談でも、担任教師は推薦の取れる短大をいくつか教えてくれたが、勉強をしなくていいという理由にはならない。いつか役に立つはずだし、勉強さえしていれば、受験生だからと言って堂々と旅館の手伝いもしなくて済んだ。

夜、一人で居間で勉強していると、のっそりと和夫がやって来た。仕事が終わってから、外に飲みに行っていたようで赤い顔をしていた。

参考書に覆いかぶさっていると、台所で水を汲んだ和夫が向かい側に座り込んだ。

退院後二人きりになるのは初めてだった。

和夫はのどを鳴らして水を飲むと、乱暴にコップをテーブルに置いた。

「東京の短大に行くってのは、もう決定か？」

低く声を押し殺していた。

参考書から、目を離さずに「そうよ」とだけ素っ気なく答えた。

「そのまま、東京で働くつもりか？」

「そうなるわね」

ふう、と酒臭い息を吐き出した。

「ま、仕方ねえか。でも本当はお父さんはできれば帰ってきてほしい。人のうわさもなんとやらだから。短大を卒業するころには消えてるよ」

ぼそりとつぶやくと、ひざをたてて立ち上がった。

「勉強もほどほどにな」

そう言って和夫は去っていった。

渋々と言った様子ではあったが、和夫も認めた、という意味だろう。もっとも和夫が納得しようがしまいが、ここから出ていく決心は変わらなかった。

ひたすら勉強に没頭した。

この旅館から、家から、町から出ていきたい一心で勉強をし続けた。


家族や友達との関わりを断ち切ろうとして、勉強し続けている間に九月が過ぎ、十月に突入した。忙しくなるのは、これからだった。もっとも経営状態がどうなろうが、学費さえ出してもらえればどうでもよく、ひたすら勉強に打ち込んでいればよかった。一人暮らしの金も多少は援助してもらうつもりだが、足りない分はアルバイトをすればいいと考えている。

「ちょっと、頼みがあるんだけど」

ひょいと居間に春子が顔を出したとき、やはり勉強していた。

「悪いんだけど、酒屋に行って注文してきてほしいの」

メモ用紙をそっと渡されたが、知らん顔をした。

「お願いだから行ってきて。勉強ばかりしてるし、気分転換になると思うし」

シャーペンをぎゅっと摑み、春子を睨む。

「わたしはね、人より勉強が遅れてんの。ここで必死にやらなかったら受からないのよ」

吐き捨てたが、それは言い訳だった。どこでもいいなら受かりそうな短大はあった。ただ勉強を理由にして外に出たくなかっただけだった。

「そう言わないで。お母さんたち、日曜の午後で、今日は満室だったから掃除やらなんやらで外に出ていけないの」

「電話でいいじゃないの」

「今回は数も多いし。すぐに届けてほしいものもあるし。このところ家にこもってばかりだし。たまには外の空気を吸っておいで、ね」

人の顔色を窺い、春子はおどおどとした言い方をした。娘をなんとか外に出したいのだ。家に引きこもったままでいれば、それこそうわさを認めるだけだ。それはもちろん理解している。だが、人の目は怖い。

「小夜子は？」

「昨日から高崎の友達の家に泊まり込んでる」

またあの女かと、はっと短く息を吐き出す。

小夜子が家を空けるのは、このごろでは珍しくはなくなっていた。週の半分は高崎の友達、林田由里の家に泊まっている。

「あんまり人様の家に泊まるのもどうかと思うんだけどね、駄目って言っても学校帰りに行かれて、あとから電話が来るんじゃね。こっちも忙しくて叱ってるひまもないしね」

小夜子も顔を合わせたくないのだ。穂乃果に。お互いがそう思っているのだから仕方ない。それは両親も知っている。強く駄目だと言えないのは当然だった。

「だから、穂乃果しかいないのよ。ね、お願い」

両手を合わせて、拝んでいる。

「わかったわよ」

シャーペンをテーブルの上に投げて立ち上がる。

「行ってくればいいんでしょう」

メモを受け取ると、春子の頬が安心したかのように緩む。

階段を一目散に駆け下りた。外に出ると、秋の涼しい風が吹いていた。気分転換にはもってこいの天気だったが、穂乃果の心は晴れなかった。


川沿いの道には旅館やら土産物屋が建っている。車の通りもある。普段よりも多く感じる車の台数は、早めの紅葉のためか。観光客が多い気がする。

町の人間より見知らぬ人が多く歩いている光景に、穂乃果は安心した。町の人の好奇の瞳にさらされるのはうんざりだった。

足早に弘之の店に行くと、その前に軽トラックが一台停まっている。弘之がTシャツの袖をまくり上げて、荷物を積んでいた。いつの間にあんなに筋肉がついたのか、腕の肉は隆々と盛り上がっていた。

「店の仕事手伝ってんだ。なんだかんだ言いながら」

穂乃果が近付いていくと、曲げていた腰を真っすぐに伸ばし、逆に反り返って天を仰ぎ、腰のあたりを叩いた。

「しょうがねえだろ。うちじゃ、人を雇えるほどの余裕もないしよ。それよりも、久しぶりに学校以外の場所で会ったたな。おばさん、心配してたぞ。家の中にこもりっきりで勉強ばかりしてるって。だからたまには、うちに使いに寄越せって言ったんだ」

白い歯を見せて、いたずらをした子供みたいに笑っている。

「それでか。外に行けだの、使いを頼まれたりしたのは」

アスファルトに転がっていた小石を蹴飛ばす。

「勉強ばっかしてどうするんだよ」

「短大に行くのよ。卒業したら東京に行くの」

じっと弘之に見つめられる。突然、くるりと背中を向け、店に入った弘之はコーラの瓶を持って戻ってきた。一本、穂乃果に差し出す。いらない、と突き返すのも面倒で黙って受け取った間に、弘之は一気に半分ほど飲み干した。

「おまえよう、本当に旅館継がねえのかよ」

真剣なまなざしだった。

「もう決めたの。だってここにはいられない。もうたくさん。うわさ好きな人たちの視線にさらされるのは。わたし、もっと自由に生きたい。旅館から解放されたい」

「でも、今まではよう」

「今までは今まで。これからはこれから」

「旅館はどうするんだよ」

「小夜子がいるわよ」

「旅館の手伝いなんか、あいつはろくすっぽしてないだろうが」

早口にまくしたてられて、コーラの瓶を握る手に力を込める。

「だとしても」

すう、と大きく息を吸い込む。

「もうわたしには関係ない」

弘之は口を真一文字に結んで、じっとこちらを見返したあとで、かーっと声にならない声を上げ、髪の毛の間に指を入れ、乱暴に掻きむしった。

「まあ、しょうがねえけどよう。しょせんひとんちの問題だからさ」

「そうよ。ひとんちの問題よ。あ、これ。注文ね」

頼まれていたメモ用紙を差し出した。受け取った弘之は無造作に尻のポケットにメモ用紙を突っ込んだ。

「あとでちゃんと届けるよ、安心しな。じゃ、俺も配達があるんだ」

軽トラックの運転席のドアを開け、今にも乗り込もうとする姿に、目を丸くした。

「いつ車の免許取ったのよ」

「夏休みに入ってすぐ。この商売じゃ、車の免許がないとしんどいからな。じゃ、あとで行くから」

じゃあな、と勢いをつけて運転席に乗り込み、開けた窓から上半身を乗り出した。

「嘘だと思ってもいいけどよ。俺、穂乃果が好きだったんだぜ」

真顔で言われたが、本気にはしなかった。当然返事もしなかった。

言ったのはいいが照れくさくなったのか、エンジンをかけると、あっという間に軽トラックは去っていった。

軽トラックを見送っていると、となりの土産物屋からひょっこり朋美の姉が顔を出した。穂乃果と顔をあわせると、バツが悪そうに眼を伏せた。

その顔は忘れようとしている聡を彷彿《ほうふつ》させた。

じっと睨みつける。

「あのう、穂乃果ちゃん。いろいろとあったのは聞いているんだけれど」

なにかを言わんとしているのか、視線を逸らして唇を開く。

「その、あの人もそんなに悪い人ではなかったと思うの。その、もう大学もやめてしまって、知り合いもみんな連絡も取れなくて心配しているの。その、だからね……」

「なんの話ですか」

きつい口調で問いただす。

びくり、と両方の肩を震わせ、朋美の姉は恐る恐る穂乃果を見始めた。

「いえ、だからわたしももう連絡が取れないの」

「誰とですか」

「いえ、あの」

「わたし、忙しいんで」

おどおどと挙動不審な態度をしている朋美の姉の前を、何事もなかったように通り過ぎる。

姉ももう追いかけては来なかった。

忘れ去ろうとしている、過去に追いやろうとしている聡が蘇る。

歩きながら、穂乃果は大きく首を振る。

愛なんかなかった、最初から。聡は愛なんか持っていなかった。

固く唇を噛んで家に帰ると、春子が旅館の前を箒で掃いていた。まだ落ち葉は多くないが、しないではすまされない。ほんの少し前まで、これは穂乃果の仕事だった。

「頼んできたわよ」

「ありがと」

箒を動かす手を止めなかった。

「富谷の家も弘之がよくやってくれるようになって助かってるわねえ」

ちらりと春子が視線を投げたが、穂乃果は知らん顔をする。

「車の免許も取ったんでしょう？　もう安心よね」

春子はさも羨ましいと言わんばかりの口調だった。これで短大に行こうとしている穂乃果を止めているつもりでいるのかもしれなかったが、決心は変わらない。

振り切って部屋に入り、開いたままの参考書の前に座る。

もうちょっとの辛抱だ。短大に合格するまでだと、自分に言い聞かせて勉強を続ける。勉強をしている間だけはなにも考えずに済んだ。だから続けただけであって、正直、短大など合格しなくても、なにかしら理由をつけてここから出ていくつもりでいた。理由ならたくさんあるが、短大への進学が一番面倒がなく、簡単に思えただけだった。

勉強の甲斐あって、短大への進学が決まった。年が明け、二月に入ってすぐの朗報に飛び上がらんばかりに喜んだが、両親はがっかりした表情を浮かべた。

心のどこかでは、ここに残ってくれると信じていたに違いないが、もう穂乃果にはなにも関係なかった。合格と同時に、学校に通うのもやめた。受かりさえすれば、出席日数ももはや関係がない。

今、すべてから解き放たれようとしていた。

見送りはいらないと言ったのに、中之条駅まで春子がついてきた。三月の終わりで、まだ春には遠い日だった。ダウンのコートをしっかり着込んでいたが、足元から這い上がる寒さに震えた。恐らく見送りにきた春子も同じだったはずだが、寒いとは言わなかった。ただこれから一人東京に行く娘の顔をじっと眺めている。

「もういいわよ」

いつまでも二人でいるのが気まずくて、前髪をかきあげるついでに横を向いた。朝早いせいで、人も車も少ない。通勤にもチェックアウトにも早い時間だった。朝一番のバスで駅まで来たのだから、当然といえば当然だった。こんな早いバスに乗ったのは、聡を探すために東京に行って以来だった。

あれきり朋美の姉にも会っていない。当然聡にも。まるで最初から、この世に存在していなかったかのように痕跡も何も残してはいなかった。

なにもかも夢だった。悪い夢を見ていたのだ。

すべてを忘れきってしまうためにも、いつまでもここにいてはいけない。

「もういいわよ」

もう一度言った。目の前にいた春子は黙って首を振った。

「電車が来るまであと十分ある」

力強さがあった。なにがなんでも最後までそばにいる。そんな意思表示をされて、穂乃果のほうが怖くなった。このままずるずると引き戻されてしまいそうだった。

「いいってば。もう」

怒って、半分は呆れていた。

ゆっくりと静かに春子は首を振る。

「どうせバスも来ないし」

そう言われれば無下に帰れと言い続けられなくなった。

「もう電車が来るから。とにかくホームまで行く」

改札口まで移動する。そこでまたもや春子と向き合う。

「水道水はよくないと思うから」

なにを思ったのか、春子はそれまでとはまるで関係のない話をする。

「水道水？」

思わず聞き返していた。

「そう。東京は水がよくない。だから米を炊いてもおいしくないって、東京から来たお客さんが言ってた」

ああ、とうなずいた。

「だから水道水は飲まないで、必ずペットボトルを買って。お米もそれで炊きなさい」

「うん、わかった」

一人でどのくらい米を炊けばいいのか、今はまだわからない。炊かないで買ってきたほうが安上がりかもしれないが、ずっと家族で暮らしてきたから、すぐには想像もつかなかった。だいたい、今、この場で水や米の心配をしたところで、どうしようもない。

「とにかく、水だよ。それから、なにかあればいつでも家に帰ってきていいんだからね。穂乃果の家なんだから」

そこでいったん、言葉を切った。

上り電車が参ります、と構内にアナウンスがかかる。線路の先に目をやったが、電車はまだ見えない。だが、心があせり始めた。

「もういいから。行くよ、わたし」

「穂乃果！」

離れようとした手を握りしめられた。

「いやだったら、いつでも帰ってきて。東京がいやになったらいつでも」

その目には涙が浮かんでいたが、あの町よりも住み心地の悪い場所があるとは、どうやっても想像もできなかった。それに行く先は東京だ。

いろんな人間が夢と希望を抱いてやってくる東京だ。

いい場所に決まっている。

鼻で笑った。

「大丈夫よ」

電車が近付いてくる音がする。

「じゃあね」

手を振って離れた。

電車がホームに滑り込んできて、ドアを開けた。後ろを振り返らずに乗り込む。

離れていける。

走り出した電車の中は、やたらと暖房が効いていた。

5

二〇一九年の一月末、実家をあとにした穂乃果は夕方、マンションに着いた。途中のスーパーで、総菜ではあるが夕飯の買い物も済ませた。

家の中は埃がリビングの隅を舞い、洗濯物は昨日から干しっぱなしになっている。

祐一は泊まってきていいと簡単に言ってくれたが、掃除や洗濯までやってはくれない。

乾いた洗濯物を片付け、部屋中に掃除機をかけ、気になる部分をぞうきんで拭いた。トイレと洗面所もきれいに拭う。賃貸マンションなら掃除などどうでもいいのだが、持ち家となると話は別だ。穂乃果が掃除に力を入れ始めたのは、ここに引っ越してきてからだった。

揚げ物やサラダは冷蔵庫に入れる。二人が帰ってきたら、温めて皿に並べればいいだけだった。

一応、今日は群馬から帰ってきたと、ラインで知らせてある。

夜七時を過ぎて、祐一へ送ったラインが既読になった。だが颯馬へ送ったほうは、未読のまま
まだ。

颯馬はまたどうせアルバイトだろうと高をくっていると、玄関のドアが開き、冷たい空気が入り込んできた。

小走りに出迎えれば、祐一と颯馬がいた。

「二人とも一緒だったの？」

「うん」

答えたのは祐一だった。なんとなくきまりが悪そうに、颯馬は後ろに立っている。

「ご飯は？」

「食べてない。俺も颯馬も。それどころじゃなかったし」

「支度するわ」

テーブルに並んだ料理を目にして、祐一が苦虫をかみつぶしたような顔をした。

「総菜か」

糸が切れたように、祐一と颯馬がリビングのソファに座り込む。二人とも疲れが体から滲み出ている。颯馬の表情など、なんとなしに沈んでいる。

「そうだけど、どうかした？」

シンクの縁に両手をついて、カウンター越しに穂乃果は身を乗り出した。

「うん、母さんが入院したんだ」

力なく言われて、穂乃果は驚いた。

急いでカウンターから出ていき、祐一のそばに立つ。

「入院て、なんで？」

「足の骨を折ったんだよ。しばらく入院が必要で、手術するんだって」

「手術？」

あんな八十も過ぎた年寄りに、どんな手術をするつもりでいるのか、と穂乃果は思った。

「母さんのほうは、姉さんがいろいろとやってくれるから、そう心配しないで」

「任せきりにはさせられないわ。明日、見舞いに行ってくる。足りないものもあるかもしれないし」

「別に大丈夫だよ。行かなくてもいいと思うよ。姉さんがいるんだから。今日、二人で行って、ちゃんとみんなで担当の先生の話を聞いてきたから」

ここまで言われると逆に行かせたくないのかと、勘ぐってしまいたくなる。

「そうはいかないわよ。なにもしない嫁だと思われても困るから。とにかくご飯にしてしまいましょう」

そう言って準備を進めたが、颯馬は食べたくないと言って部屋に引きこもり、祐一は付き合い程度に箸をつけただけだった。

翌日、初めて東武伊勢崎線《とうぶいせさき》の加須《かぞ》駅に降り立った。

入院先は、駅から徒歩で五分程度の場所にある病院だった。病院まで祐一の実家から車でも三十分ほどかかるが、それでもここが一番近い病院だという。薬剤師である公子の勤め先でもあった。

小さな店ばかりが並ぶ駅前から、白くて大きな建物は目立っていた。迷わず病院に行き、受付に寄る。受付の隣には薬局があり、スタッフが忙しそうに働いていた。ちらりと見たが、公子の姿はない。いれば案内を頼むつもりだったが、姿が見えないのでは無理だった。どちらにしろこんなに忙しいのでは、会えば迷惑になってしまうだけだ。薬剤師として働いた経験のない穂乃果にもそのくらいすぐにわかるほどの忙しさだった。

薬局から目を離し、受付で病室を教えてもらって、すぐに向かった。とよはナースステーションのとなりにある二人部屋に入れられていた。

部屋の中に一歩入り、とよの姿を目にした瞬間、穂乃果は全身が凍りつき、足元から血の気が引いていった。すぐにナースステーションに行き、そばにいた看護師を捕まえる。

「神崎の家の者ですけど、なんですか、あれは。なんでベッドに縛り付けているんですか、ひどいじゃない。今すぐ、外してください。いくら年を取っているからと言っても、あれではひどすぎます」

唾を飛ばしながら叫んだ。

とよは両手足をベッドの柵にひもで括り付けられ、大の字に広げられていた。浴衣の裾ははだけ、オムツが合間からちらついている。

「説明はきちんとほかのご家族にしていますが」

椅子に座って、看護師は立とうともしない。

こんなやる気のない看護師がいて、一体どんな看護をするというのだ。

「ええ、ええ。骨折をして入院したと聞いてるわ。でもあんなふうに手足を縛られているなんて聞いてない。なんであんな真似をするんです。しかもオムツなんかつけて。お義母さんはちゃんとトイレまで行けるのよ。ひどいわ、いくらなんでも。今すぐに外してちょうだい。さあ、早く」

さあ行けとばかりに、部屋を指で示す。

「ですから、ほかのご家族に話はしていますよ。手足を縛っているのも、オムツをつけているのも、理由があるんです」

「理由ってなによ」

摑みかかりたい心境を、じっとこらえる。

「認知症がひどくて安静が保てないんです。ですからオムツをしていますし、手足を縛っているんです。そうしないと勝手に歩き出したり、ベッドから転落したりして大変危険です。この件に関しては、昨日ちゃんと説明をして……」

「冗談じゃないわよっ！」

看護師の言葉を遮った。

「うちのお義母さんが呆けてるですって？　認知症ですって。冗談も休み休み言いなさいよ。お義母さんが呆けているはずがないでしょう」

「ですが、ほかのご家族様は納得してましたよ」

悪びれるふうでもなく、臆《おく》する様子も看護師にはなかった。むしろ堂々と胸を張っている。

そういえばとよが呆けて徘徊していると祐一は言っていたが、頭からすっぽり抜け落ちていた。しかしここまで言い切ったのだ。もうあとには引けない。

「呆けてなんかいません。人の親をばかにしないで」

意地がそう言わせた。忘れていたと悟られたくない一心だった。

「わかりました」

ぎしっと音をたてて椅子から立ち上がった看護師は、穂乃果の前を通り過ぎ、とよの部屋に行った。穂乃果も黙って後ろからついていく。

「縛っているひもを外しますから、しばらくそばについていてください」

腰をかがめ、看護師はひとつずつひもを外していった。両手足、すべてを外すと、無造作に台の上にのせた。

「なにかあったら呼んでください。となりにいますから」

つん、とすまして、看護師はその場から去り、とよと二人きりになった。

エアコンで乾いた空気が、部屋に漂っていた。

丸椅子を引き寄せて座り込んだ穂乃果は、不可解な気持ちになった。

祐一も呆けているから、とは言っていた。看護師もだ。だが今目の前にいるとよは、健やかな寝息をたて眠っている。

乱れた浴衣の足元を正していると、赤く腫れた太ももが目についた。骨折した部分だろうか。痛々しいほど腫れている。それなのに湿布一枚張っていなかった。ただ骨折したほうの足にひもを付け、その先におもりをぶら下げて引っ張っているだけだった。

顔を遠ざけながら腕を伸ばし、浴衣を整え、外れていた布団をかけてやる。すると、それまで寝入っていたとよが、ぱちりと目を開けた。

「ああ、お義母さん、目が覚めたんですか。足、痛いでしょう」

できるだけやさしく、思いやりを持って声をかけた。だが突然四肢をばたつかせ、折角整えた布団を蹴飛ばし、床に降りようとしているのか、おもりがついているのに骨折している足を柵の外に投げ出した。

「お義母さん、なにをしてるんですか。危ないですよ。ちゃんと寝てください」

上半身に手をかけると、より一層激しく動き出し、わめき始めた。

口から発せられる言葉は獣じみていて、なんて言っているのか、まるで聞き取れない。

「お義母さん、どうしたんですか」

ベッドから降りようとするとよに困惑し、穂乃果は助けを求めるようにナースステーションのほうに目をやるが、誰も来る気配はない。

なにかあったら呼んでくれと言われている。騒ぎは聞こえているのだから、呼んだも同然ではないか。なのに誰も部屋に入って来ない。

その間にも動きは激しくなり、柵の向こうに放り出した足をぶらぶらと振り、骨折のために思うように動かない体に癇癪を起こしているのか、拳でベッドを叩き続けている。

「お義母さん、危ないですよ」

柵を叩いている腕を引っ張ると、ぴたりと動きが止まった。

穂乃果と視線が交じり合う。

「ああ、よかった。わかってくれたんですね。脅かさないでくださいよ」

自然に口元が緩む。

「あんた、誰」

突き放すような一言だった。

「誰って。穂乃果です。嫁の」

「知らないよう。公子を呼んでおくれ。公子！」

動きは止まったが、今度は叫び声が部屋中を駆け巡った。のどが裂けるかと思うほどの大声で、「公子」と呼び続けている。だが、ここにはいない。

「公子さんはいませんよ。いるのは穂乃果です」

負けじと叫ぶが、「公子」と繰り返し叫ぶ声だけが響き渡る。

「お義母さん、穂乃果です！」

何度そう叫んだかわからなくなるころ、部屋のドアが開いた。

「なにやってるのよ」

振り返ると、大きな旅行用のバッグを手に下げた公子が立っていた。

「公子お。どこに行ってたんだよ」

それまでわめき散らしていたとよは、やってきた公子を見て涙をためた。

「着替えとか持ってきたのよ。どうしたの」

バッグを足元に置き、ベッドに近付くととよの頭を撫でた。

「知らない女がいるんだよ」

しがみついて、必死に訴える。穂乃果は困惑し、二人を交互に見た。

「知らない女じゃなくて、穂乃果さん。祐一のお嫁さんだよ。どうして手足を縛ったひもを取ったのかしらね。こんなに動いたら、よくならないのに」

公子はナースコールを押した。すぐに看護師がやってくる。穂乃果にさっき対応した看護師だ。

「どうして抑制を外したんですか。だから騒ぐんですよ」

公子はやけにさばさばとしてそう言った。

「こちらの方からご希望がありまして」

「いいのよ、縛っていて。外さないで。この人はうちのお母さんの状態なんか、なんにもわかってないんだから」

顎でしゃくられ、穂乃果は身の置き所をなくした。

公子の言う通り、なんにも知らなかった。

看護師が近付き、手足を縛ろうとすると、また暴れ始めた。

「なにすんだい。やめてよう」

必死になって逆らうが、看護師は容赦がない。公子もだ。看護師と一緒になって、押さえつけている。

「あんたもぼさっと見てないで手伝ってよ。そっちの手を押さえて」

早口に命令されて、腕を押さえ込む。腕にはしっとりと汗が浮かんでいた。

来たときと同じように、両手足を柵にくくられて、大の字にされた。

「ちくしょう、離せ。離せってんだよう」

最早とよが吐き出した言葉とも思えず、耳を塞ぎたくなった。

ベッドから動けなくなったのを確認してから、公子は持ってきた着替えを片付け始めた。

無言の横顔が、怒りで包まれていた。目はつりあがっていたし、唇は固く結ばれている。

「お義姉さん、聞いてください」

一歩前に足を踏み出した。

「なによ」

乱暴に棚の扉を閉めた。

「ここのスタッフ、ひどいんですよ。お義母さんは呆けているかもしれないけど、患者ですよ、人の親ですよ。お義母さん、入院して混乱してるだけですよ。だからわたしがせっかく外してあげたのに、またこうやって率先して縛るし。ひどいと思いませんか。お義姉さんだってひどいですよ。一緒になって」

そう訴えるとなりで、ベッドに縛られたとよが、大声でなにかわめき散らしている。

公子は額に手を当て、頭を左右に振ってから、腰を真っすぐに伸ばした。

「あのね、お母さんは呆けてんの。あんたは一緒に暮らしていないから知らないだけで、呆けてるのよ。祐一から聞いてるでしょ。少しくらい」

「それは聞きましたけど。お正月に会ったときだって、普通だったんですから」

「いい加減にしてよ！」

両目をかっと開いた公子に怒鳴られて、足がすくんだ。

「お母さんは呆けてるの。入院したせいで、より一層ひどくなったの。不穏にまでなってしまって。それは一緒に暮らしてるわたしが、よく知ってるの。ここのスタッフからも説明されたし。あんたは余計な口出しをしないで。なにも知らないくせに。あんたはもう来なくていいわよ。嫁の仕事は年に一度訪問するだけで済むと思っているような人なんていらないわよ。そんな調子で、実家にだって中途半端に口を出してるんでしょ。すぐに想像がつくわよ。もう邪魔よ。手足を縛ってなきゃ、安静が保てない。動き回ればよくならない。だからいいの、これで」

「不穏てなんですか？」

聞き慣れない言葉に不安が広がる。

「行動がおかしくなって、落ち着きがなくなるって意味よ。あんただって目の前で見たでしょ。なんでこんなのいちいち説明しなきゃならないの。ばかばかしい」

でも、と反論する間もなく、腕を引っ張られ、無理やり部屋の外に追い出される。

「待ってください」

再度中に入ろうとしたが、体で遮《さえぎ》られた。

「帰って。あんたは駄目。あんたがいると不穏がより強くなって、治るものも治らなくなる」

「待ってください。どうしてそんな言い方するんですか。わたしは嫁です。お義母さんにはよくしてもらったんです。だから恩返しをしたいと思っているんです」

「恩返しね」

公子は頭を左右に振った。

「恩返しするなら、お母さんを思うならこれ以上不穏にさせないで。それにはね、ここからいなくなるしかないの。お母さんを大切に思うなら、早くよくなってほしいなら、ここから出て行って。あなたの存在が迷惑なんだから」

ぴしゃりとドアを閉じられた。ドアを叩こうと腕を振り上げて、やめた。今はなにを言っても無駄だろう。

これ以上、ここにはいられないと悟り、穂乃果は黙って帰るつもりでエレベーターに向かった。ナースステーションの前を通る。中では看護師が、知らん顔をして椅子に座っている。

追い返されたという事実に納得しきれずにいた。

エレベーターの前にあるソファに、疲れ切って腰をおろした。

目の前で起こった出来事が、なんだか現実とは思えずに、全身から力が抜けてしまったようで、一度座ると立てなくなった。

病院のソファはお世辞にも座り心地がいいとは言えなかった。様々な人々の出入りが激しく、目の前を通り過ぎていく。家族なのか、ただの見舞客なのか、まるで判別がつかない。

人の流れを見ていると、荷物を置いて身軽になった公子が現れた。

「あら」

ソファに座っていた穂乃果を見つけると、眉をひそめた。

すぐに腰を浮かせ、頭を下げる。

「先ほどは……」

一応謝っておいたほうが無難だろうと、腰を折った。公子はせせら笑った。

「別にいいわよう。これでよくわかったでしょ。うちのお母さんの状態。呆け呆けなのよ。お正月がね、特別だったの。他人が来るとああして普通になるのよ。だから介護保険も認定が取れなくて。うちではね、もうみんな疲れ切ってるのよ。今回の入院はちょうどよかったの。いい骨休みになるわ。お茶でもする？　ついでだし、はっきり話しておいたほうが、のちのちのためにもいいと思うしね」

「あ、はい」

「割り勘ね」と付け加えた公子を追って病院の外に出ると、隣にあるファミレスに入っていった。

「ドリンクバー二つ」

席まで案内した店員にすぐさまそう言うと、穂乃果の意見も聞かず、黙ってコーヒーを二つテーブルに置いた。

「あんたもようくわかったでしょう」

カップの中にミルクを落とし、ゆっくりとスプーンでかき混ぜた。

「いえ、あの」

わかりました、と素直にうなずけなかった。あれは一時的なもので、骨折が治って家に帰れば、元に戻ってくれる気がしていた。

「あれがね、現実なのよね。入院してさらにひどくなったけど」

カップに口をつけて、公子はコーヒーを飲んだ。

「お正月に来たとき、家の中だってひどかったでしょう。認知症が進んじゃってね、もう掃除もできないのよ。食事の支度だって無理だしさ。入院するまで、わたしが出来合いのものを買ってきて、食べさせてたの。火を使わせるのは危ないから。だって一分前にした行動だって忘れるのよ。家が火事になっちゃうわよ」

「そんなに？」

すぐには信じられなかった。乱雑なゴミだらけの家の中が蘇ってきた。

「だからね、今回の入院はいい機会なのよ」

「いい機会って？」

「そりゃ、今後を考えるっていう意味よ」

「今後？」

カップを両手で包み込む。

「このまま家で暮らすかどうか、それともどこか施設に入れるか」

「施設ですって？」

店の中だというのに、大きな声をあげていた。

「それも考えてる。まだはっきり決めてないけど。正直もう限界なのよね。わたしはフルで働いてるし。それとも、あなたが一緒に暮らしてくれる？」

「退院すればよくなるんじゃないですか？」

「おめでたい人ね。呆けなんてよくならないのよ。悪くはなってても。一緒に暮らせばわかるわよ。暮らしてみる？」

そう詰め寄られて、すぐに答えが出せなかった。というよりも答えは出てはいるのだが、口にはできなかった。

小ばかにしたように、公子が笑い出した。

「無理無理」

腹を抱えている。

「あんたには無理だっていうのは、わたしも知ってるわよ。年に一度しか来ない人が、年寄りの、しかも呆けた年寄りの面倒なんか看られないって。実の娘のわたしだって匙《さじ》投げてるんだから。大丈夫よ、そこまで期待してない」

公子はゆっくりとコーヒーを飲み、顔を横に向けた。

「だったらずっと入院させてもらえばいいじゃないですか」

「ばかじゃないの？　いまどきどこの病院が一生入院させてくれるのよ。入院期間は決まってるのよ」

そういえば小夜子もそう言っていたと、穂乃果は思い出した。

「今はね、国が医療費の削減をしててね、一定期間が過ぎるとお金を出してくれなくなるの。つまり病院が自腹を切らなきゃならないシステムになってるのよ。損をするだけの患者を病院が長く入院させておくと思う？」

だから九十日かと納得した。

「病院はさ、国の決めごとだのなんだのと体裁のいいことを言ってるけど、結局自分たちだって金を出したくないのよ。だから金にならない患者を体よく退院させてるだけなんだから。まああんたは頭悪そうだから理解できないと思うけどね。一生なんて無理なのよ。本当におめでたい人」

はあ、と公子は大きく息を吐き出した。

「結局さ、嫁って何年たっても他人なんだなって思うのよね。日頃仲良くして、ちゃんと行き来をしていれば、また別なんだろうけど、しょせん年に一度じゃね、関係なんかつくれないのよね」

「でも、わたしは少なくともお義母さんとはうまくいっていたと思います」

穂乃果ははっきりと言った。

公子とは犬猿の仲でもとよとは違う。

「そう思いたければ、思っていれば？」

そうして公子はコーヒーを飲み干し、席を立った。向かった先はドリンクバーだ。

穂乃果はまだ一口も飲んでいなかった。

二杯目のコーヒーは、ブラックで口をつけた。

一口飲んでから、公子は足を組み、背中を反らした。

「あんたはさ、よくしてもらってたって言ったわね」

「ええ、そう言いました」

嘘も偽りもない。

「でもお母さんはあんたを知らないって言ったのよ。病院で」

そうだ。とよは怯えていた。穂乃果の顔を見て、恐れていた。そして公子に助けを求めた。

「あんたはね、うわべをつくろってるだけなのよ。心の底からいい関係をつくろうとしてないの。正月だけうちに来ればいい、それもイヤイヤが見え見えでしょ。今だってそうよ。なんとか自分の都合がいいように話をすすめたいだけなの。あんたは自分だけがいい人でいればいいっていう勝手な人なのよ。それで嫁の務めが果たせると思ってるの。遠慮がないのも知ってる。あんたなんか名前ばっかりの嫁よ。だから今年の正月もうちに来て、お母さんの汚れた部屋を目にして、あけすけにあんなふうに言えるのよ。本当に心配してたら、お母さんだけじゃない。わたしの家だって心配してくれてもいいじゃない。なのにあんたは自分の気持ちだけを押し付けたのよ。あのときね」

公子は足を組み替えた。

「ああ、この女とは本当に付き合えないって思ったわ。今までもそう思ってた。でも弟の嫁だから黙ってたの。でももうやめにする。あんたみたいな嫁じゃ、祐一もかわいそうよ。今後はもうけっこうだから。見舞いに来なくていいし、正月だからって来る必要もないから」

ソファの背に手をかけて、立ち上がろうとした公子の腕を摑んで引き止める。

「なによ、もう話なんかないわよ」

「待ってください。わたしの話も聞いてください。うわべだけじゃないんです。本当に、心の奥底からわたしは心配しています」

「思うのは勝手よ、どうぞご自由に」

テーブルに五百円玉を置くと、公子はまっすぐに出口に行った。

なにを言っても言い訳にしかならない。そうわかっていれば、もうあとは追えなかった。

その晩もテーブルには、デパ地下で買ってきた総菜を並べた。颯馬はアルバイトでいなかったが、祐一が珍しく早く帰ってきたので、二人で椅子に座った。

今日は中華だ。エビチリのほかに前菜もあり、唐揚げも買っている。公子とのあんなやりとりのあとでは、とてもじゃないが夕飯の支度をする気持ちにはなれない。

「お見舞いに行ってきたわ。ひどいありさまだった」

小皿を並べながら、穂乃果は不満を漏らす。

祐一は缶ビールをちびちび飲みながら、黙っている。箸を持とうともしない。

「あなたも了承したの？　ひもで結《ゆ》わえたりするのを？」

「仕方ないだろう」

むっとして、頬を膨らませている。

「どうしてよ？　確かに今は少しおかしいかもしれないわよ。でもね、退院すればきっとよくなるわよ。それなのに、呆けてる呆けてるって、お義姉さんは繰り返してたけど、あれはないと思う。そりゃ、呆けてるのかもしれないわよ。あなたもそう言ってたし。でもあんなふうに縛られたら誰だっておかしくなっちゃうよ。しかも頭の上で繰り返し言われてさあ。呆けてても、それはやっぱり本人の前で言うべきじゃないと思う。お義姉さんもずいぶんよ」

うわべだけ、と罵られた事実は言いたくなかった。

言葉を呑み込むために、エビチリを口に入れる。有名な店だけあって、値は張るがやはりおいしい。

穂乃果の箸はすすみ、ぱくぱくと口の中に入れた。だが祐一はビールばかり飲んでいて、小皿も箸も汚れていない。

「おいしいわよ、エビチリ」

そう言ってすすめてみた。

うん、と曖昧に言って、また祐一はビールを飲んでいる。

「とにかくね、あれはひどいと思うわ。あなたからも、ちゃんとやめてくれるように言ってちょうだいよ。かわいそうよ」

「そうじゃなくて！」

祐一が拳でテーブルを叩いた。

「なによ」

祐一は自分の髪をぐちゃぐちゃと、乱暴に掻き乱した。ふけが落ちて、料理にかかってしまいそうだ。

「入院中の母さんは、姉さんに任せておいてくれ。呆けてるのも本当だし。いずれ施設に入所させるかもしれない。俺は姉さんが決めたんなら、従うつもりだから」

祐一は一息に言うと、残っていた缶ビールにまた口をつけた。

「やだ、本気で？」

穂乃果は口元に手を当てて、首を伸ばす。

「本気」

「それじゃあ、お義母さんがあんまりかわいそうよ」

「かわいそうでもなんでもないよ。仕方ないんだよ。それともおまえが、なんかしてくれるのか？　自分の親だって妹に任せきりのくせに。小夜子さんの気持ちが、俺にはわかる。手を出さないんだから、口も出すべきではないよ」

公子と似たり寄ったりのことを言われて、穂乃果はテーブルに残された料理をぼんやりと眺める。

ファミレスでの公子とのやりとりが、まざまざと蘇ってくる。

目の前では、エビチリも前菜のくらげも、乾き始めていた。

「でも、でもわたし、お義母さんを放っておけない」

今でもありありと、ベッドに縛り付けられたとよの姿が穂乃果の目に浮かぶ。人権を無視した行為にも取れる姿が。

「放っておいてくれ。自分の家だって、なにもしてないじゃないか。人の家なんか、もっときやしないんだから。俺の家の中をかき回さないでほしい。自分の家のほうもほどほどにして、小夜子さんに全部任せておけ。これは命令だ」

「命令ですって？」

唖然とし、穂乃果は言葉を失った。

「そうだ。小夜子さんの望み通りにしなさい。いいね。それが介護をしていないものの務めだ。手も金も出さないかわりに、口も出さない。小夜子さんが餓死させたいというならその意見に従うんだ」

一方的な言い方だった。反論の余地も与えられなかった。

「おまえみたいなだらしのない女にとやかく言う権利はない」

「だらしないって、失礼ね」

「事実じゃないか。おまえが外で、パート先でなにをしようと勝手だが、ものには限度がある」

なにを言っているのかわからなかった。

「パート先の店長となにしてんだ。近所の勤め先で男なんか探しやがって。恥ずかしい。俺は寝取られ亭主になってるよ」

すっと頭から血の気が引いた。

「ちょっと、ちょっと待って、誤解よ」

慌てて立ち上がり、祐一のそばにより、缶ビールを握っていた手をそっと取る。本当は祐一の手など触りたくもない。汚れる気がするのだ。祐一に触れると。

「勘違いだわ。ちょっと相談にのってもらっただけよ」

そうだ、と心の中で思う。実際相談には、何度ものってもらっていた。ほとんど穂乃果が一方的に愚痴っていただけだが。相談にはかわりない。

「ラブホテルでか？　世の中には親切な人がいるんだよ。吉野って女はなんだ、あれ。うちに来て俺と顔をあわすたびに、べらべらおまえと店長が浮気してるって話してきてさ。おまえのいないとこで。聞きたくもない話を何回も聞かされてさ。どういうつもりであの女と付き合ってるのか知らないけど、あんなのと仲良くしないほうがいい。お節介ばばあだ、ありゃ」

「吉野さんが？」

信じられなかった。

「そうだよ。去年の夏、初めて言われたときは驚いたよ。最初は信じてなかったけど、会うたびに何度も言われてさ。でもそのうち、本当だと知ったよ。たまたま十月に見かけたんだよ。外回りで走ってたら、ホテルから出てくるとこ。信じられないよ。自分の親が入院してて大変なときにさ。人としてどうかとも思う。おまえに会いたくないから、わざと外に出ていく用事をつくってさ。まったくばかばかしい。吉野にも呆れるが、おまえにもうんざりだよ。離婚となれば颯馬も傷つくからと思って、家庭内別居で我慢しようと思ったけど、ここんとこのおまえの家の騒ぎなんかで本気で呆れたよ。もう無理だ。ちょうどいい。この機会に離婚してほしい」

「離婚って、なんでよ？　意味がわからないわ」

肩をすくめて、わざとらしくおどけて見せる。

「ふざけるな。出ていけ。ここは俺の家だ」

冷たい視線で射貫かれて、本気だと悟った。

「待ってよ。出ていけって言われても、そんな」

行く場所なんか、穂乃果にはない。実家には帰れない。篤紀には家族がいる。

一体どこに行けと言うのだ。

「ま、無理だよな。とりあえず俺が出ていくよ。母さんが退院して施設が決まるまで、交代で面倒を看るんだ。決まり次第、施設に入れてここに帰ってくる。そう時間はかからないと思うから、それまでに身の振り方を考えろ。慰謝料の請求もするぞ。恥をかかされたんだから。おまえにもだけど店長にもな。颯馬はどうするか、俺が聞いておくよ。おまえは実家に帰るなり、アパートを借りるなり、好きにしたらいい。実家になんか帰れるはずもないと思うけどな。それとも帰れるのか?」

小夜子の冷たい視線が蘇る。

仲のいい姉妹ではない。今回の出来事でさらに悪化した関係を、これから修復できるはずがない。

それに今、のこのこ家に帰れば、待ってましたとばかりに、小夜子になにもかも押し付けられてしまう。旅館の仕事も、介護も。なにもかもすべて。

「ちょっと待って。落ち着いて、冷静に考え直して、ね」

握っていた手に力を込める。だが振り払われてしまった。

「俺は冷静だよ。おまえも大好きな店長のところに行けよ。どうぞご自由に。それと離婚するんだから、もうこっちの家族は放っておいてくれ。他人になるんだから」

どこに行くつもりでいるのか、祐一は椅子から立ち上がって、くるりと背中を見せた。

「待って。どこに行くの?」

「荷物の整理。しばらく実家に帰るから、必要な荷物を持っていくよ。もう他人になるんだから、かまわないでくれ」

背中が、すべてを拒絶している、穂乃果のなにもかもを。

一人になってしまう。

言い知れない恐怖が、穂乃果を襲う。

このままでは本当に一人になってしまう。一人では生活していくのだって難しい。篤紀は？　無理だ。うまくいっていないとはいえ、妻がいる。それとも穂乃果のために、妻を捨ててくれるだろうか。

そんな保証は誰もしてくれない。

祐一を引き止めなければと躍起になるが、体は指先ひとつ動かなかった。

祐一が出ていき、一人きりになると、立っていられなくなった。ひざが折れ、首を垂らしてその場に座り込んでいた。

フローリングの冷たさがありとあらゆる場所から這い上がってきて、全身を覆いつくそうとしている。

祐一が残していった言葉のひとつひとつが、胸に突き刺さってくる。要約すれば、すべて穂乃果が悪いという意味だ。

自分の家をごちゃごちゃにしてしまったのも、とよに対する態度も。不倫をしていた事実も。

絶望感に打ちのめされ、全身が冷たくなって、寒さに体が震え始めるころ、颯馬が帰ってきて玄関のドアが開いた。立ちあがろうとしたが、寒さのためか全身がしびれていてうまくいかず、結果的に這いつくばる形になっていた。

玄関から、真っすぐに自分の部屋に行った颯馬を追いかける。壁にもたれて中を覗くと、颯馬はクローゼットから服を取り出していた。

「父さんから連絡が来たよ」

淡々とした、表情のない口調だった。

「父さんが家を出て行くんなら、自分もそうする」

クローゼットから取り出した服を乱暴にバッグに詰め込み、ファスナーをしめた颯馬は、すっくと立ちあがった。やけに背が高く、スマートに見えた。

この子はこんなに背が高かったかなと、まるで場違いな疑問が浮かんだ。

壁に寄りかかっている穂乃果の前で、バッグを持った颯馬が立ちふさがった。

「どいて。俺もここを出て行くから」

「駄目よ」

絞り出すように、やっとの思いで口にしていた。

颯馬に出て行かれたら、穂乃果は本当に一人きりになってしまう。颯馬を止めなければいけない。

「駄目よ。颯馬には大学だってあるんだし」

「大学はもうやめる。もともと好きで行ってたとこじゃないし。行かなきゃいけないと思ってたから、通ってただけで。働いているほうが、自分にはあってるよ。バイトしててそう思った」

颯馬を見あげていた。信じられなかった。だって颯馬は好きで大学に行っていると思っていた。

「おばあちゃんが心配だから、俺もおばあちゃんちに行くよ」

「お母さんちのおじいちゃんだって入院してるのよ」

「そうは言われても、あんまり会ってなかったから。どっちかっていうとこっちのおばあちゃんのほうが大切だし。だからおばあちゃんちに行く」

「お母さんを一人にして平気なの？」

「母さんなんかもう知らないよ」

穂乃果の体を押しのけ、颯馬は家を出て行った。

ドアが閉じる音が響く。

なにがなんだか、穂乃果の心はもうぐちゃぐちゃだった。

一体、この家は、家族はどうなってしまうのか。

そもそもの原因は旅館を継げなかったからだ。あれがすべての始まりだった。もし旅館を継いでいたら、あの町から出て行く必要もなく、あの町の誰かと結婚して幸せに暮らせていたはずだ。

子供のころからの夢だった旅館さえ継いでいれば。

小夜子が全部壊してしまった。

穂乃果の夢も家庭も。


颯馬にも出て行かれて、初めて祐一に捨てられる恐ろしさを感じた。週に三日のパートでは、自分一人でも食べていけないし、慰謝料はおろか、家賃さえ払えない。

将来への不安はしだいに膨らんでいき、なんとか夫婦仲を修復しなければと焦り始めていた。気ばかり急いて、時間ばかり過ぎる。

自分でもわけのわからないまま、翌日とよが入院している病院へ急いだ。夫婦関係をもとに戻すには、とよか公子の力が必要と穂乃果は考えた。

病室に行くと、公子がいた。両目をつり上げて、穂乃果を見る。

「なにしに来たの」

「お見舞いに」

小さくなって、ぼそぼそと答える。

「言ったでしょ、もう来ないでって」

冷え切った夫婦仲を修復したい、助けてほしいとは言い出しかねて、うなだれた。公子とは会うたびに攻撃的になったが、今はそんな気も失せている。

公子はせわしなく洗濯物を片付けている。

「なんなのよ、何か言いたいの？」

公子は折っていた腰をまっすぐに伸ばし、穂乃果と向き合った。

「いえ、あの」

拳をつくって口元を隠し、痰《たん》が絡んでもいないのに咳をした。

「祐一ならうちに帰ってきてるわよ。もうそちらには帰りたくないんですって」

顔を歪めて、公子はおもしろそうに笑った。

全身から血の気が引いた。

仲を取り持ってくれなど、虫が良すぎるし、言えば夫婦の恥を知られるだけだった。もっと早くそう気づいていれば、病院まで来たりはしなかった。

「うまくいかないのも仕方ないんじゃない？　聞いたわよ。不倫してたんですって？」

かっと全身が羞恥で熱くなる。

祐一は夫婦の問題まで、公子に打ち明けていたのだ。

「それじゃあ、嫁の務めなんか無理に決まってるわね。このところ祐一、あなたと暮らす家に帰りたくないってよく言ってたもん。妻がほかの男と不倫してたらそうなるわよね。話を聞いててかわいそうになったわよ。わざと会社の帰りに漫画喫茶に寄ったりしたんだって。家に帰りたくないから。うちにもしょっちゅう来てたのよ。もちろんお母さんも心配だったみたいだけどね」

夫婦の仲まで公子に知られていると知って、いたたまれなくなる。

「出て行って！　お母さんは穂乃果さんを嫌ってなかったみたいだけど、わたしは違うわよ。そんなに親切じゃないんだから。出て行って。出て行きなさいよっ！」

その場から立ち去るよりほかになかった。

追い出され、一人病院から駅までの道のりを歩きながら、自分が惨めに思えた。公子との関係がうまくつくれていたら、こんな結果にはならなかったかもしれないが、すべて後の祭りだった。

それもこれもすべて自分のせいなのだろうか。穂乃果はそうは思いたくなかった。まだなにか方法はあるはずだと思いたかったし、信じたかった。

その晩、ほとんど眠らなかった。眠れなかったというのが正解だ。かろうじてリビングのソファには腰かけていたから、寒さはさほど感じなかったが、目をつむると家族の楽しかった思い出ばかり、頭の中に浮かんできた。

まだ小さかった颯馬を連れて、キャンプや遊園地に行ったのはそう遠い昔ではない。なのに今や家族はばらばらだった。ほかにもいろいろとあったと思うが、家族を決定的に壊したのは穂乃果自身だ。

カーテンの隙間から朝日が零《こぼ》れている。一筋の光が、希望に向かっている気がした。そう思いたかっただけなのだが、光をじっと眺めてから、穂乃果は突然勢いをつけて立ち上がり、バッグの中にしまい込んでいたスマホを見る。

ラインもメールも、誰からも届いていない。

思い切り抱きしめてくれた篤紀の腕を思い出す。やさしく髪を撫でてくれたのだって、一度や二度ではない。

この家が破綻した原因が、穂乃果にあるのは認めよう。だが原因をつくったひとつに、少なからず篤紀の存在がある。

ラインに「夫に関係がばれた。離婚になるかも」と書き込んでから、今日の曜日に気が付いた。

金曜日だった。

パートの日だ。

すぐにスマホに取り込んでいた写真で、シフトを確認する。篤紀も出勤になっていた。

自然と頬が緩む。

止まっていた穂乃果の体内時計が、動き始めた。

風呂場に行き、湯を張った。脂ぎった顔にクレンジングクリームを塗りたくり、汚れを落とし、今日着るための服を床に放る。

風呂が沸くとすぐに入り、全身をくまなく洗って、身支度を整えた。ピアスもした。指輪もつけて、化粧も念入りにする。

すべての支度が整うと、出勤時間になっていた。バッグを持って立ち上がり、大股に歩いて家を出て行った。冬の晴れ渡った空が広がっていた。


スーパーのバックヤードは、いろんな人たちが出入りしている。スタッフもいるが、取引先の業者の営業もいる。

穂乃果はタイムカードも押さず、更衣室にも行かなかった。まっすぐに篤紀がいる店長室に向かった。

普段なら遠慮をして、そこまでは入っていかないのだが、今日は正直、周囲に気を配っている余裕などない。

ノックをしてドアを開くと、篤紀は難しい顔をしてそこにいた。

「なんですか？」

ぶっきらぼうな口調だった。こちらを見ようともしなかった。ここには二人だけだったが、誰がいつやって来るかはわからないし、壁もお世辞にも厚いとは言いがたい。

後ろ手でドアを閉めながら、奥まで足を進ませる。

店内では一定の距離感を貫こうとしている篤紀は、机の上の書類からじっと目を離さない。

「わたし、離婚しなきゃいけないんですって。そう言われたの、夫に。離婚するって」

恐る恐るそう言った。実際いろんな意味で、怖かった。篤紀がどう答えるのか。どういった態度に出てくるのか、一抹の不安もあり、かすかに期待もあった。

かっと篤紀の両眼が開き、その瞳に光が宿る。だがすぐになにもなかったように、書類に目を走らせる。

「仕事の話なら聞くけどね、プライベートまではね」

と、あくまでも店長である姿勢を崩そうとはしない。

もちろん承知している。店にいるのだから。ここにいる限り、篤紀は店長であり、自分はパートスタッフだ。天地がひっくり返ってもかわらない。でも穂乃果の周辺は、なにもかもかわってしまっている。このままではすまない。篤紀にだって責任はある。

「ライン……」

ラインの返信は、という一言は、口にするのも許されなかった。

突然立ち上がった篤紀に、手のひらで口元を覆われてしまった。

「あとで、返す」

息と一緒に漏れた一言は、かろうじて聞き取れるくらいに小さい。

「あとって?」

しっとひとさし指をたて、唇に当てる。

「今は無理だから」

逃げ出すつもりなのか、篤紀は店長室を出て行こうとしている。行く手を遮るために、ドアの前に立ちはだかった。

力任せに体を押しやられ、危うく転びそうになった。すきをぬって、篤紀は歩き去って行く。

戸惑いながら、穂乃果は押し寄せる屈辱に耐える。

ふと机の上を見れば、篤紀のスマホが置き去りにされている。

故意にか、それとも忘れただけなのか。

どちらにしろ、今すぐに連絡が取れなくなったのは間違いがなかった。

心細さに泣き出しそうな気持ちを、やっとの思いでこらえる。

今は待つしかない。

篤紀の仕事が終了するまで。篤紀がここを、この店を出てくるまで。

ぐっと奥歯を嚙みしめ、時間まで仕事をし、いったん帰宅すると決めた。どうせここから家までは五分で着く。

なにかあったとしても、すぐにやってこられるのだから。


レジに行くと、吉野が待っていた。

この女が祐一になにもかもをぶちまけたのだと思うと腹がたった。

吉野を追い出すように、穂乃果が入れ替わりにレジに立つと、「大丈夫?」と顔を覗き込まれた。

この女がしゃべったせいで、祐一は出て行った。

腹の底から怒りが沸き起こる。怒鳴りつけてやりたいのに、うまく言葉が出てこない。気持ちだけが空回りしている。

「なんだか顔色がよくないよ。どれ」

いきなり額に手のひらを当てられた。

触らないでほしい。

怒りに包まれると、人間はなにも言えなくなるし、行動にも移せなくなる。

「うん。熱はないみたいだけどね」

怒りは吉野に伝わっていない。

「でも無理はいけないわよ。風邪だってばかにはできないわよ。なんならわたしが替わってあげようか？」

親切の押し売りをされているようで、気分が悪くなった。反吐《へど》が出そうだ。

「気を付けないとね。店長の奥さんだってそうやって無理して働き続けて体を壊したのよ。体っていうか、心みたいだけどね」

とんとん、と吉野は自分の胸のあたりを叩いた。

篤紀の妻が心を病んでいるのは、篤紀から聞いていたので、穂乃果も知っている。

「有名なんだよ。古くから勤めている連中はみんな知ってるわよ。だって奥さんもここのスタッフだったんだから」

それは初耳だった。

なんだかおかしかった。妻も、不倫相手も篤紀は職場で見つけていたのだ。手の届きやすい場所で、面倒なく捜したかったのかもしれない。

篤紀が近場で垂らしていた糸に、穂乃果は食らいついただけなのか。

そう考えると惨めな気持ちに拍車がかかる。

「奥さんはお総菜コーナーにいたんだよ。スーパーは冷えるでしょう。無理して働いて、子供が流れたりしてね。それでちょっとおかしくなって、辞めたんだよ。今もさ、おかしいんだよ、心がね。治らないんだよね、結局。だからさ、仕事なんてほどほどでいいのよ。どうする？　帰る？」

黙って首を振る。なにか言わなければ気が済まない。

「そう？　ならいいけど。今よりもっと悪くなったらすぐに帰るんだよ、いいね。それとも店長に介抱してもらいたい？　そのほうがいい？」

意味ありげな笑みを浮かべている。

「どういう意味？」

やっとの思いで絞り出した一言だった。

「別に。あなたは店長をかなり頼りにしているみたいだからさ」

「そりゃ、店長だから」

「ま、とにかく、具合が悪いときは寝るに限るよ、いいね、そうするんだよ」

何度も念押しして、吉野はレジから離れて行こうとした。

「待って」

ぴたりと足を止めた吉野が振り返る。

「吉野さん、うちの旦那になにを言ったの？　おかげで旦那が離婚の話を切り出してきたわ。あんたのせいでうちは滅茶苦茶になったわ。あんた、よくうちに来たけど、旦那にあることないこと言うために来たんでしょ。そうに決まってる！」

本当はもっと罵ってやりたかった。けれど息苦しくて、それしか言えなかった。

肩で息をしていた。

しばらくの沈黙があった。

「なんの話だかわからないわ。わたし、忙しいから」

くるりと背中を向けて、吉野は立ち去って行った。

怒りや悲しみがごちゃ混ぜになった感情を抱えて、必死でレジを通し続け、家に帰ると一時近くになっていた。吉野がしらを切った一言は、いつまでたっても頭から離れていかない。むしろ墨で塗りたくられたみたいに、どんどん濃くなっていく。

昼は過ぎていたが、食欲はわかなかった。掃除や洗濯をする気力も失われ、穂乃果はソファに座り込んで、じっとスマホを眺め続けた。

——三時にいつものロータリーで

待ち続けたラインの返信を受け取ったときは、午後二時になっていた。パートから帰ってきてまだ一時間ほどしかたっていなかった。永遠に一人かも、と孤独感を噛み締めているときにそんなラインを受け取って、うれしくないはずがなかった。

篤紀に相談できれば、なにかが変わるかもしれない。わずかな希望が心の中に灯《とも》る。

手早く化粧をなおし、出かける支度をする。

篤紀はなにかいい案を、きっと穂乃果にくれるはずだ。もしかしたら自分と一緒になろうと言ってくれるかもしれない。

淡い期待が胸を埋め尽くす。いや、それは難しい。一応妻がいるのだから。

期待に膨らむ心を抑えつけながら、穂乃果は約束の時間よりも早く待ち合わせ場所に行った。意外にも車はもう停まっていて、すぐに穂乃果を乗せて動き始めた。

「早かったのね、驚いた」

夏でもないのに普段はしないサングラスをかけた篤紀の横顔を、ちらりと覗き見る。少し強張っているのは、気のせいだろうか。

篤紀は駅から十分ほど離れたファミレスの駐車場に車を停めた。なぜラブホテルに行かないのか、不思議に感じながらじっと篤紀の横顔を見た。店の中に入るつもりはないらしく、シートベルトを外そうともしない。

横顔は固く、唇は結ばれている。

自分を落ち着けようとしているのかもしれないが、サングラスの奥にある瞳の色までは不明だった。

人目を忍ばないといけないのは、今に始まったことじゃない。会うときは毎回だ。それとも、もっと別な意味合いがあるのか。

車の中に流れる空気も、自然重たくなっている。流れをかえたくても、そもそも会った理由が重たいのだから、穂乃果にはどうにもしようがなかった。

「もう会えない」

シートに座ったまま、ぽつりとつぶやかれた一言に、穂乃果は驚きを隠せない。息を呑んだ。あまりにも突然だった。穂乃果はまだなにも言っていない。

祐一や颯馬、実家での出来事。聞いてもらいたい相談事は、山のようにあった。

「もう会いたくない」

もう一度、しかも面倒臭そうにそう言った。疑う余地もなかった。聞き間違いかと思ったが、こちらを見ようともしない篤紀の態度が、すべてを物語っている。

「ばれたんだろ？　だから離婚だろう？　ばれたら不倫は終了だよ」

「そんな言い方ってある？　あなたとの関係が原因で離婚するのよ。責任は篤紀にもあるわ。責任、ちゃんと取ってよ。結婚してほしいとまでは言わないけど、付き合いは続けてよ。だってわたしにはもう篤紀しかいない」

苦し気に息を吐き出すように、穂乃果はゆっくりとそう言った。

「無理だから」

え、と聞き返していた。

「無理だから。俺にも奥さんがいるんだよ。なんかあいつもいろいろうるさくてさ、どこが痛いとか、夜は眠れないとかさ。なんか愚痴のオンパレードでさ。精神的な問題だけど、正直、疲れてる。でも俺さ」

ずれてもいないサングラスを、篤紀は二本の指で持ち上げる。

「どっちか一人を選べって言われたら、やっぱり自分の奥さんにするよ」

時間が止まった。

今、ここにいる人は一体誰なのか。

あんなにも穂乃果を愛してくれ、抱きしめてくれた人はどこにいってしまったというのか。

じっとその横顔を見る。

篤紀だった。でも、全然知らない人に穂乃果には感じられた。

篤紀がどんどん手の届かない遠い場所に行こうとしている。

「仕事は辞めなくてもいい。パートとしての立場を守ってくれるなら。君にだって生活があるしね。そこまで鬼じゃない」

自分だけ安全な場所に逃げようというのか。

せめて小夜子とはどうなったのか聞き出したかったが、問いただす間も与えられず、外に追いやられていた。

それまであった愛情が、ばらばらに砕けて、どこかに飛んでいくのを感じた。

＊

短大卒業を間近に控えた一九九九年の一月、穂乃果は二年ぶりに中之条駅のホームに降り立った。

東京は晴れていたが、こちらは今にも雨か雪が降り出しそうに、厚い雲が覆っている。夕方に近い時刻で気温も東京より低く、ダウンコートの襟元を掻き合わせてから、改札口に向かった。

駅の前にはすでにバスが停まっている。観光客の姿は少なく、シートの半分も埋まらずに発車した。

バスは町を抜け、山の道を走った。旅館の前の停留所には時刻どおり着いて、穂乃果はバスから降りた。吐き出す息が白い。両手を抱きしめながら、寒さに耐え、旅館の玄関をくぐったとたん暖かい空気に包まれる。

「穂乃果、帰ってきたのか」

フロントにいた春子は、頬を緩ませて穂乃果を出迎えた。

「寒かったろ。家にあがって。今日は客も一組しかいないからお母さんも早くあがれるから」

「小夜子は？」

高校三年生になる小夜子も卒業を間近に控えている。

「家にいるよ。今日はどこにも出かけないでって言ってあるから。穂乃果が久しぶりに帰って来るんだもん。家族で待ってなきゃね」

二年間で東京生活にすっかりなじんだ穂乃果は、いまさらここが家だとも家族とも感じていない。あの日、夏の分娩室で産み落としたのは、子供だけではなく、家族も旅館も含まれている。あの日から、なにもかも変わってしまった。

「さ、いつまでもそんなとこに立ってないで。早く上に行きな。暖房を入れてあるから」

追い立てられて階段をのぼり、家に行くと、居間に暖房は入っていたが、小夜子はいなかった。

コートを脱ぎ、こたつに足を突っ込んだ。誰もいないのに温まっている。

かつて自分が使っていた部屋のほうを見る。人の気配は感じられず、物音ひとつしなかった。

小夜子がやってくる様子もない。

当たり前だった。穂乃果に合わせる顔など、小夜子は持っていないはずだ。

冷えた体がすっかり温まり、客の夕飯の時間が過ぎると、和夫がやってきた。

「おかえり」

二年ぶりに娘に会うのが、気恥ずかしいのか、和夫は照れた笑みを浮かべた。

「旅館は？　もういいの？」

「夕飯の後片付けがあるけどな。あとからでもいいんだ。もうじきお母さんも来るから。小夜子は？」

「こっちが聞きたいわ。部屋にこもっているんじゃないの」

つん、とすまして穂乃果は答える。

「しょうがないやつだな。せっかくお姉ちゃんが帰ってきたのに」

「いいのよ。わたし、お父さんと話がしたかっただけだから」

「こっちもだ。卒業はできるんだろう？　なんにも言ってこないからな、心配でな。でもまあ、もう帰ってくればいい。穂乃果には旅館があるんだから。ここで働いてまたみんなで暮らせばいいんだ」

うんうん、と和夫は一人でうなずいている。

「無理よ。わたし、結婚するの」

和夫は一瞬、口を開けた。すぐに口元を引き締め、眉間にしわを寄せる。

「なに、言ってんだ」

「結婚するのよ。妊娠したの。子供が産まれるの。もう決めたから反対しても駄目。相手の人は埼玉に住んでるの。仕事もそう。だから埼玉で暮らす。ここには帰ってこない。今日はそれをはっきり言いにきたの」

和夫の顔が怒りのためか真っ赤に染まる。

「なに言ってんだ。二年も東京で暮らしたんだ。もう充分だろう。子供なんかどうとでもなる」

前回の苦しみを和夫は知らない。だから平然としてそんなふうに言える。だが穂乃果はあのときの痛みも苦しみも、恨みつらみもすべてはっきりと覚えている。

「だいたい旅館はどうするんだ。穂乃果が継がなきゃ、誰が継ぐんだ」

「小夜子がいるじゃない。高校も卒業するんだし、ちょうどいいわよ」

「小夜子は高崎で仕事をするんだ。三月から。職場の近くに引っ越すのも決まっている」

くっと穂乃果は口元を歪めて笑った。

「そんなのわたしの知ったこっちゃないよ。小夜子にやらせてよ」

ばたばたと人の足音がしたと思ったら、小夜子が居間に飛び込んできた。

「いやよ、わたし。旅館は継がないっ」

二年ぶりに聞く小夜子の声だった。

小夜子は以前よりもずっときれいになっていた。肌の色も一段と白くなって透明感があった。その小夜子が顔を歪めている。苦しそうに息を吐いている。

「わたし、ここを出ていくの。もう決めたんだから。お姉ちゃんが帰ってきて継いで」

「小夜子にお姉ちゃんなんて呼ばれたくないね」

両方の肩をすくめて、さらりと穂乃果は言った。

家族がいなくなったのだから、当然妹もいない。

家族はこれからつくる。今年の秋には産まれてくる子供と夫となるべき男と。

小夜子はじっと、穂乃果を睨みつけている。


こたつの上には、煮えた鍋があった。鍋の中には、春子が張り切って買ってきたと思える食材が沈んでいる。印象的なのは、すっかり煮えて、ピンク色になったエビだ。家にいたころも家族で食卓を囲むのはまれだった。鍋などした記憶もないし、エビがテーブルに並んだりもしなかった。

春子がどれほど穂乃果の帰りを待ちわびていたか、楽しみにしていたかよくわかる内容だった。

なのに誰も箸を取ろうとしない。

ぐつぐつと煮える音だけが響き、部屋の中はしんと静まり返っている。

和夫は三本目の缶ビールを開けた。だが口をつけようともしない。

春子は呆然と鍋の中身を見続け、小夜子は憎しみの目で穂乃果を睨んでいる。

「だからね、もうここには帰ってこないのよ」

重くなった空気の中で、穂乃果は明るく言い切った。

自分の意志を曲げる気はない。相談したくて帰ってきたのでもなければ、結婚の承諾がほしかったのでもない。ただ報告に来ただけだった。

握っていた缶ビールを和夫はひどく乱暴に飲み、むせた。

春子が慌てて布巾を渡すが、和夫は口元を手の甲で拭った。

「だったら」

重たげに和夫が切り出した。

「だったら、相手の男を連れて来い。で、二人でここをやってほしい」

「ご冗談を。彼は普通のサラリーマンの家で育ったのよ。自分だって普通の仕事をしている人なの。旅館の仕事なんか無理無理無理」

顔の前で、穂乃果は手を振る。

「ここはどうするんだ。誰が継ぐ」

和夫の目が血走っていた。酔ってきたのもあるし、怒りもあったと思うが、穂乃果は気付かないふりをして、ガスコンロの火を止めた。

煮えたぎった鍋は、今にも噴きこぼれそうだった。

「だから、小夜子がいるじゃない」

「わたしは高崎で就職するの。就職先だって決まってるし、アパートだって決まってる。いまさら撤回は無理なんだから。それに」

つばを飲み込んだのか、小夜子の喉元が上下する。

「わたしも結婚するんだから」

意を決したように、小夜子は口を開いた。これには両親も初耳だったのか、二人共大きく目を見開いている。

「結婚て、あんたもまさか……」

首を伸ばして春子が尋ねる。

「お姉ちゃんと一緒にしないで。それはないけど、そうじゃないけど、約束したのよ」

「だって小夜子は就職するじゃないか。これから仕事をするんだよ。結婚なんてまだまだだよ。そうだろう？」

引き止めようとしているのか、春子は早口に言った。

「だから就職先の店のオーナー。それで」

「それでなんなんだ」

和夫は缶ビールをテーブルに叩きつけた。

「最初からちゃんと説明させて。お母さんたちに相談しなかったから、それは悪いと思ってる。その人はね、わたしの高校の同級生のお兄さんなの。お姉ちゃんは会ってるよね、林田由里。家に遊びに行ってて仲良くなったの。由里のお兄さんは高崎のレストランで何年か働いてたんだけど、今年の春から店をオープンするの。それでわたしに手伝ってほしいって。給料はちゃんと払うからって。いずれ店が軌道にのったら、結婚しようって言ってくれたの。だからわたし、その店に就職を決めたのよ。そりゃ、旅館は心配だったけど、お姉ちゃんが帰ってくるって思ってたから。お父さんだってそう言ってたじゃない。旅館を継ぐのは、長女だって。そう言ったじゃない。だから普通に就職してもいいし、上の学校に行きたければ行ってもいいって言ったじゃない」

穂乃果の知らない場所で、話は決められていたのだ。

「ずいぶん勝手に決められてたのね」

「だってお姉ちゃんが長女だよ。ずっと旅館だって手伝ってきたじゃない」

「いつの話よ。ばかばかしい。とにかくね、わたしは妊娠してるの。子供がかわいそうでしょ。結婚しなかったら、お父さんのいない子になってしまうじゃない」

「そんなのお姉ちゃんの都合じゃない。わたしはどうなるのよ。いやよ、わたしだって結婚したい。旅館なんか継ぎたくない。絶対にいや。絶対高崎に行く。結婚する」

突然、小夜子は泣き出した。泣けば許されるとでも考えているのだ。妹だから甘やかされて育てられた性格が見えて、穂乃果はうんざりした。

誰も彼もが口を閉じ、しばらくの間、小夜子は泣き続けた。

春子は両方の肩を落とし、和夫は腕を組んだ。

「仕方ないわね」

しばらくしてから、穂乃果は口を開いた。

「ここはお父さんにあきらめてもらいましょうよ。こんなちんけな旅館なんかお父さんの代でつぶせばいいんだわ」

ばんっと音がして穂乃果の左頰が熱くなった。身を乗り出して、和夫がはたいたのだ。

熱くなった頬に手を添えて、和夫を見た。

「誰のおかげでここまで大きくなったんだ。おまえが東京に行けたのは誰のおかげだ。一人暮らしをできたのはなぜだ。この旅館があったから、この温泉のおかげで行けたんだ」

片膝をついて、和夫は立ち上がろうとした。慌てて春子が、シャツの裾を引っ張った。

「知ってるわよ。わかってるわよ。でも、仕方ないじゃない。わたしだって継ぎたかった。そうしたかった。でもこの町にいられなくなっちゃったじゃない。それって誰のせい？　小夜子だよ。小夜子のせいでわたしはここに住めなくなったし、旅館も継げなくなったんじゃない。時間がたっても人は忘れてはくれない。今でも覚えてる。この先奇異な目で見られ続けるなんて、わたしには我慢がならない。それにお腹の子はどうするのよ。もういやよ。今度こそちゃんと産んで育ててやりたい」

小夜子のすすり泣きが止まり、和夫は立てていた膝をもとに戻した。

「よくわかった」

気持ちを押さえつけたのか、和夫は静かにうなずいた。

「穂乃果の人生だから好きに生きればいい。小夜子、おまえが継げ」

「お父さん！　わたしだって人生を決められたくない」

「穂乃果は家を出て行った人間だし、子供もいる。小夜子はこれからスタートだ。仕切り直しはいくらでもできる。その高崎の人と結婚してもかまわない。だが旅館は継げ。店をやるならちょうどいいじゃないか。二人でよく話し合って、それから決めればいい」

ぼろぼろと小夜子は涙をこぼした。

「それじゃ、先に出ていったものが自由に生きられるの？　先に子供をつくったほうが自分の人生を自分で決められるの？　わたしの人生はどうなるの」

絞り出すように言うと、顔を覆って小夜子は泣き続けた。

「小夜子、泣くほどいやだったら、相手の人に来てもらったらどう？　それでみんなで相談すればいいじゃない？　ね」

取り繕うように春子は言い、そっと小夜子の背中を撫でた。

「今から？」

指先で、鼻の下を小夜子はこすった。

「そう。二人の将来にかかわるし、ここで決められる問題じゃないでしょう。もしかしたら相手の人がここを継いでもいいって言ってくれるかもしれないじゃない？　ね、そうしたらいいんじゃない？」

少しだけ小夜子は考える素振りを見せると、ゆっくりと立ち上がって電話をかけに行った。

三人で黙って小夜子の背中を眺める。

ぼそぼそと話しているので、内容は聞き取れなかったが、やがて受話器を置いた小夜子はこちらをくるりと向いた。笑みが浮かんでいる。

「来てくれるって」

うれしそうに小夜子は言い、こたつに入った。

小夜子の様子から、相手がいい返事を寄越したに違いなかった。だが空気は重く、誰もなにも話さない。ただじっと相手の男が来るのを待っている。

一時間近くそうやって待っていた。

車のエンジン音が聞こえ、小夜子は慌ただしく立ち上がり、階段を駆け下りていく。戻ってきたとき、男を後ろに従えていた。

体の線が細い、華奢《きゃしゃ》なイメージの男だった。その後ろに見覚えのある女がいた。由里だ。男は自分の妹も連れてきていたのだ。

「林田彰人《あきひと》さん。わたしの婚約者。それと高校の同級生の由里ちゃん。彰人さんの妹さん。彼女にも来てもらったの」

胸を張って小夜子は紹介したが、彰人と由里のほうは重苦しい空気を感じ取ったのか、視線をきょろきょろさせている。

「座って座って」

小夜子の隣に正座をし、彰人は頭をさげた。

「林田です」

こほん、と和夫が咳をひとつした。

「娘と結婚したいそうだね」

静かに和夫が話し始める。

「はい。レストランが軌道に乗ったら。それまでは店を手伝ってもらうつもりでいます」

「娘にはこの旅館を継いでもらいたいと思っているんだがね」

「旅館は継がなくていいと小夜子さんから聞いてますけど？」

「本当はね、わたしが継ぐ予定だったんだけどね」

穂乃果は前ににじり寄った。

「小夜子のおかげでここにいられなくなったの」

早口になにをされたのか穂乃果は捲し立てる。最初は普通に聞いていたが、だんだんと彰人の顔が強張っていった。

「というわけで、無理なのよ。かわりは小夜子しかいないから、レストランはあきらめて、二人でここをやってちょうだい」

隣に座っていた小夜子を、彰人は見た。

「君、本当にそんなことしたの？　自分のお姉さんに」

投げられた視線から逃げて、小夜子は目を伏せた。

「結果的に」

低い小夜子の声だった。

「結果的にはそうなったけど、あれは不可抗力なのよ。その」

「由里は知ってたの？」

目を伏せて由里は答えない。知っていたのだ。でも黙っていた。おやまあ美しい友情だこと、と穂乃果は嘲笑った。

彰人は左右に首を振った。

「君の過去にこだわるつもりはないよ。でもよく考えたほうがいいんじゃないかな。二足のわらじで本当にできるのかな」

「できるわよ、もちろん」

きっぱりと言った小夜子を見て、穂乃果は甲高く笑った。

みんなの視線が集中する。

「笑わせないでよ。これまで旅館の手伝いどころか家事だってろくすっぽ手伝わなかったじゃない。それともわたしが家を出てからやってたの？」

目に溜まった涙を拭いながら、小夜子を見れば、その顔が強張っていた。

「やってなかったんでしょう。どうなのよ」

「それは、だって、でもまだ高校生だったし」

「わたしはちゃんと手伝ってたわよ。高校生のときだって。中学のときも。小夜子はなんにもしてこなかったじゃない。それなのにレストランで働いて、旅館の仕事もやるですって？　笑わせないでよ。そんなに簡単にいくはずないじゃない」

彰人の顔色が変わり、小夜子に目をやった。

「小夜子ちゃん、旅館の手伝いしてたって言ったよね？　だから接客は任せてくれって。そう言ったよね？」

彰人に問い詰められて、小夜子の視線が泳ぐ。

「一応、旅館の娘だし。少しはその……」

「本当に手伝ってたの？」

彰人が追い打ちをかけてくる。

「手伝いなんてしてないって。あー、ばかばかしい」

小夜子が嘘ばかりついていると知って、穂乃果はおかしくてならなかった。よほどこの男と結婚したいらしい。なおさら小夜子の邪魔をしたくなった。

「この子はね、なんにもしない子なの。旅館の手伝いどころか自分の箸だって持ってこない子よ。こんな子に二足のわらじなんて無理無理。レストランの仕事だけだって怪しいよ。ねえ、お母さんもそう思うでしょう」

「でもね、仕事となればね、また話は別だよ」

「じゃ、わたしがいなくなってからは手伝ってたの？　家事も？」

「いや、それは、その……」

「お父さん、どうなの？　小夜子はちゃんとやってた？」

「小夜子は就職する予定だったから、旅館に関しては、あまりな」

「ほら、ごらんなさいよ。無理無理。あなた、あきらめたほうがいいわよ」

彰人に向かって手を振る。

「小夜子ちゃん。店をやるって大変なんだよ。生半可な気持ちでは無理だと思う。オープンするのに、借金もしてる。それを返していかなければならないんだ。君は簡単に考えてるみたいだけど、そんなにうまくいかないと思う。それに今はご両親の気持ちを考えたほうがいい」

そう言って再び和夫と向き合った。

「すみません。レストランをオープンするのは自分の夢なんです。旅館は継げません。小夜子さんには店を手伝ってほしいんです。ですから小夜子さんに継いでもらっては困るんです。それで駄目というなら、結婚はあきらめざるをえません」

「彰人さん！」

笑みが消え、小夜子の顔に苦渋の色が浮かぶ。

「旅館さえ継げば、結婚できるのよ。ね、だからいいじゃない。彰人さんはここから店に通えばいいわ、ね」

説得する小夜子に対して、彰人は静かに首を振った。

「なんとかなるわよ」

彰人の袖を引っ張って、小夜子は懸命に説得を繰り返す。

「仕方ないわね。あきらめなさい、小夜子。あんたが辛抱すればいいんだから。お父さんたちのためにもね」

こみあげる笑いを押し殺しながら、穂乃果は言った。

「わたしの邪魔をしないで！」

「邪魔ですって？」

「邪魔してるじゃない」

「してないわよ。相手の人が無理って言ってるんだから仕方ないでしょう」

「いやよ、わたし、絶対に結婚する！」

子供のように小夜子は駄々をこねる。

「そうよ、お兄ちゃん、店ならわたしも手伝うから。なんとかなるよ」

戸惑った表情を浮かべて、由里も取り繕う。

「あなたは就職しないの？」

由里に向かって、穂乃果は冷静に言った。

「いえ、します。小さな会社の事務員ですけど」

「じゃ、あなたも二足のわらじ？　中途半端な人間ばかりで店がやっていけるとは思えないけどね。旅館の仕事ってね、大変なのよ。わたしは手伝ってきたからよくわかる。一日中絶え間なく仕事があるの。お客が来ても来なくても。朝から晩までね。それなのにどうやって店の手伝いに行くのよ。しかも高崎まで。車でだって一時間は軽くかかるのよ。旅館の仕事の合間に行って、レストラン手伝ってなんて無理だわ。現実的じゃない。あなただってそうでしょ。仕事が毎日定時で終わればいいけど、残業だってあるんじゃないの？　それで店を手伝えるの？」

うつむき、由里は黙った。

「由里、ちゃんと加勢して。できるって言って。そのために来てもらったんだから。ね、できるよね」

「でも、わたし、お姉さんが言ってるの、間違ってないと思うよ」

「由里！　どうしてよ。ちゃんと応援してよ。あなただってわたしが彰人さんと結婚すれば姉妹になれるって喜んでたじゃない」

「でもさ、小夜子。ここから毎日通うだけだって大変だよ。結婚はしてほしいけどさ。よく考えようよ。わたしたち、これから高校を卒業するんだから」

「由里！　由里がお姉ちゃんに負けてどうするのよ。しっかりしてよ。ねえ、彰人さんだって結婚したいよね」

「小夜子ちゃん、家は大切にしたほうがいいよ」

彰人はすっくと立ちあがると、話は終わったとばかりに由里をうながして逃げるようにその場から去っていった。

「待ってよ」

慌ててあとを追おうとする小夜子の腕を、和夫が取った。

「あきらめろ。小夜子」

またもや小夜子は泣き出した。

いつまでも小夜子は泣き続け、両親は黙っていた。

穂乃果はせいせいしていた。

すっと胸が軽くなる。東京で生活している間もずっと巣くっていた恨みつらみが少しだけ晴れた気がした。

「決まりね。小夜子ちゃん、あとをよろしく」

にっこりと笑って、穂乃果は言った。

小夜子は手を顔から離さなかった。春子は黙っている。

「出かけてくる」

突然立ち上がり、和夫はその場から消えた。もうなにも言うなという意味だと、穂乃果は受け取った。

すべてが決まった。旅館の行く末も、二人の姉妹の未来も。

穂乃果はせせら笑いながら、泣き続ける小夜子を眺めていた。

その晩、穂乃果は春子と枕を並べた。布団は和夫の分も敷いてあるが、まだ帰ってきていない。今頃どこかの店で飲んでいるのだ。

小夜子と二人の部屋で寝る気にはなれなかった。和夫はいつ帰るかわからないからなんの不都合もない。

春子はなにも言わなかった。

話す必要もない。なにもかももう決まったのだから。


翌朝目覚めると、となりで寝ていたはずの春子の姿がなかった。布団もあげられている。時間を見ればもう七時半だ。今から客の朝食の支度をしなければ間に合わない。

布団から抜け出した穂乃果は居間に行った。昨夜の鍋がそのまま置いてある。

穂乃果は顔を洗い、身支度を整え、旅館に降りて行った。台所に春子と小夜子が立っている。

小夜子が旅館の台所に立っている姿を、初めて目にした。

気配で気付いたらしい、小夜子が振り返る。瞼が真っ赤に腫れている。昨夜、泣き続けたのだ。

「満足？」

低く押し殺した小夜子の声が、台所に響く。

「わたし、旅館を継ぐわよ。わたしはね、穂乃果みたいに鬼にはなり切れないの。だから旅館を継ぐわ。お父さんたちの望みをかなえてあげるの。満足でしょう」

頬がひくひくと痙攣していた。目には涙が盛り上がっている。

「わたし、穂乃果を一生許さない。ここに縛り付けられるだけじゃなくて、結婚もできなくなったんだから。一生恨まれて当然よ！」

憎むなら勝手にすればいい。一緒に住むのならともかく、穂乃果はもうここでは暮らさない。小夜子の目の届かない場所に行く。恨みは届いてこない。

「ご自由に。わたし、帰るわ」

小夜子は引き止めなかった。台所にいた春子が玄関先まで来てくれた。

「体に気を付けて。それと結婚式とか、そういうのはしようね。商売をしている以上、まわりの目もあるからね」

またうわさか、と穂乃果はうんざりした。けれどそのうわさにかき乱されたりはもうしない。

穂乃果は穂乃果の人生を、遠く離れた場所で過ごすだけだ。

「まあ、そうね。考えとくわ」

「うん。ちゃんと連絡はちょうだいね。それとたまには帰って来てね」

「もちろん帰って来るわよ。小夜子がちゃんとやってるかどうか確認しなきゃならないもんね」

「穂乃果……」

春子の表情が硬く強張った。

「じゃあね」

くるりと背を向けた。

旅館も温泉も家族も、すべて縁が切れてせいせいした。

足取り軽く、穂乃果はバス停に向かった。

6

穂乃果はどうやってマンションまで帰り着いたのか、まるで記憶になかった。

ファミレスの駐車場で無理矢理、車外に押し出されて、そこから駅を目指して歩いたのは間違いないが、ぷつりと記憶が途絶えている。けれどとにかく穂乃果はマンションまで帰り着いた。今は無事にソファに座っている。ここが穂乃果の場所だったから。颯馬にも祐一にも部屋はあった。穂乃果だけなくて、このリビングが自分の部屋で、ソファがたったひとつの居場所だった。

ソファに座り込んで、耳を塞いでいた。なのに耳の奥に、篤紀の言葉が響いている。

もう会いたくない、会いたくない、会いたくない。

打ちひしがれる穂乃果の耳に、スマホの呼び出し音が聞こえてきた。春子だった。

「なによ」

不機嫌さ丸出しで、穂乃果は言った。

「困ったよ。小夜子がね、突然、結婚をやめたいって言い出してね」

「あら」

「なんだかね、町の人間じゃない人と付き合ってるみたいでね。弘之にもなんて言えばいいか」

「小夜子も弘之も大人よ。みんな自分で解決するわよ。用事はそれだけ？　なら切るから」

相手の返事も聞かずに、通話ボタンを切った。

篤紀は渋っていたが、やることはやってくれたのだろう。もしかしたら本気で小夜子と付き合うから、自分とは別れると言い出したのかもしれない。

座り込んで、考えている穂乃果の耳に、インターフォンが聞こえてきた。

もしかして祐一が帰ってきたのかも、と喜び勇んで対応すれば、まったく知らない女の声がした。

宗教勧誘か、営業か。

どちらにしても今の穂乃果には取り合うつもりもなく、すぐにインターフォンを切ろうとした。

「わたし、幸田《こうだ》篤紀の妻です」

凛とした声が、響く。

「篤紀の妻です。開けてください。すべて聞きました。さっき夫を問い詰めたら、白状しましたよ。だからすぐに飛んできたの。善は急げっていうでしょ。だから来たのよ。なにもかも聞いたんだから。なにをしてるの、早く開けなさい。開けなきゃわめきたてるわよ！」

外でわめかれれば、不倫をしていたと近所に筒抜けになってしまうだけだ。恥をかくのは、最低限にしておきたい。自分のためにも、家族のためにも。

外で騒がれるよりはマシだと考えれば、家にあげるしかなかった。

女の顔は青白く、むくんでいた。唇は血色をなくしている。肌は荒れ、あごには吹き出物がいくつかあった。

この女が本当に篤紀の妻だというのか。

俄かには信じられない。だが、迫ってくる女に対抗する術が見つからず、穂乃果はじりじりと後退していた。

「あの人は全部言いましたよ。ええ、なにもかもわたしは知ってるんです」

よく見たら冬のさなかだというのに、女は裸足だった。靴下どころかストッキングもタイツも穿いていない。寒さのためか、足の指先は真っ白だった。

「今日、どうしてわたしが旦那を問い詰めたかわかる？　ご丁寧に報告を受けたの。そりゃ、密告者がいれば認めずにはいられないでしょう。うちの旦那はあんたに迫られて仕方なくって言ってたよ」

リビングまで追い立てられ、踵がソファに当たった。ソファの背を手のひらでまさぐりながら、少しずつ後ろにさがっていく。

「騙されたってあの人も言ってるわ。でもね、やさしい人なの。だからあなたになにも言えないの」

女の瞳にとらえられながら、それでもかろうじて首を振る。

それは嘘だ。だって篤紀は、自分と別れるとはっきりと言った。妻の存在を理由にして。

「あの人はやさしいの。なんにも言えないの。だからわたしがこうしてきたの。そしてわたしは傷ついている。慰謝料をいただく当然の権利がある。だから請求しにきたの」

「お金なんて、ないわ」

「あんたにあろうがなかろうが関係ないの。お金はあるものじゃなくてつくるものよ。早急に用意してちょうだいね。あとで弁護士を通してしっかりと請求するから。弁護士は百万円くらいが妥当だって言ってるけど、そんな金額じゃ納得しないよ。倍は払ってもらうから。夫からももらうと決めてあるの。あの人は払うと言ったわ。だからあんたも払わなきゃ駄目なのよ。ついでに教えてくれた人を教えてあげるよ。あんた、いつも朝会ってるでしょう。レジにいる、あのお節介な女。自分の息子の給料を取り上げてる、あのうわさ好きな女だよ。あの女はおしゃべりなんだよ。なんでもかんでもしゃべっちまうんだ。最低な女だよ。近所じゅうにしゃべりまくって、挙句にわざわざ家まで押しかけてあんたの旦那にも告げ口したんだよ。あの女に今朝、スーパーの前でばったり会ったんだ。そしたら聞きもしないのにべらべらしゃべったんだ。あんたが旦那から離婚を突き付けられたってね。あの女が証人さ。あんたは金を払うしかないんだ。いいね。金を払いなさいよ。二百万！」

自分の意思とは無関係に、がくがくと首が上下に振られた。

穂乃果がうなずくと、納得したのか女は部屋を出て行った。ばたんとドアが閉まる音がして、女が完全に出て行ったのを知った。

膝から力が抜け、ソファにもたれながらしゃがみ込む。

慰謝料。お金。

祐一もそう言っていた。篤紀にも請求すると言っていた。早く出て行け、家を空けておけとも。

情けなくて泣けてくる。

殺人を犯そうとする小夜子に、手を貸そうとする病院スタッフ。

人の不倫話を振りまく職場の人。

本当に親切でやさしい人たちばかりだ。

急に笑いたくなった。

いったん笑い出すと、止まらなくなった。しばらく一人で笑い続けていた。寒々しい部屋の中で。

ひとしきり笑ってから、家を出ていき、まっすぐにスーパーに行った。篤紀は野菜売り場にいた。穂乃果と会ってから、なにげないふうを装って仕事に戻ってきていたのだ。店長なのだから、なんのかんのと理由をつけて外に出ていくのも、帰って来るのもそう難しくはない。

売り場でほかのスタッフとなにやら話し込んでいる。二人の間をさくようにして、割り込んだ。

篤紀が驚きに目を見張っている。

「奥さんと会った」

冷静を装って、穂乃果はすまして言ってやった。実際どんなふうに篤紀の目に映っているのかは疑問だ。

次の瞬間、腕をひったくられて、建物の外に追いたてられた。裏口で、そこには誰もいなかった。

「どういうつもりなんだ?」

冬なのに、額に玉のような汗が浮かんでいる。

「奥さんが来たって言いに来たの。ずいぶんな言い草だった。わたしに慰謝料を払えって。二百万、そう言われたわ。あなたが言わせたの？」

「それは違う。とにかく君とは別れる。それはさっき言った通りだ。俺の気持ちは変わらない」

「じゃ、わたしはどうなるのよ」

「今ではそうだ」

「従業員としての立場は変わらない」

「それだけ？　わたしってたったそれだけの価値しかないの？」

「もう愛してないっていう意味？」

「仕方ない。不倫なんて、ばれたらやめ時だ。さっきも言ったけど」

「そう。でも、わたしは離婚するかもしれないのよ」

「それは家庭の問題だよ」

「だから知らん顔？」

こんな人だったのかと改めて思った。こんな冷たい男のどこを自分は好きだったのか、まるでわからなくなった。

それまであった愛情がすっと冷めていく。

「わたしと別れて、小夜子と付き合うの？　お母さんから電話が来たよ。小夜子は弘之との結婚をやめるって、そう言い出したって。篤紀と付き合うからなんでしょう？」

「いや、付き合わない。最初は穂乃果の言う通りにするつもりだった。彼女の気持ちもぐらついたみたいだったよ」

ふん、と鼻から息を吐き出した。

出会いもない町だから当然と言えば当然だった。

「でもさ、やめたよ。できなかったよ。彼女はかわいそうだった。俺、高崎で会ったときに、いろいろ聞いたよ。彼女、穂乃果を大切に思ってた。埼玉にお姉ちゃんが住んでるって。短大を出て、結婚して、両親に孫をつくってくれたって、自分にできなかったことをしてくれたって、うれしそうに話してたよ。お姉ちゃんは本当は旅館を継ぐのが夢だった。それを自分が壊してしまったって、ものすごく後悔してた。俺には姉思いのいい人に見えた。二度も結婚をあきらめてまで旅館をやってるなんて健気じゃないか。そんな人を騙すなんて無理だよ。彼女は純真無垢で、いい人だった」

「どこがよ。あなたは嘘ばかり聞いたのよ。で、あなたはなにを言ったのよ」

「正直に言ったよ。穂乃果に頼まれたってのも。彼女は両親も穂乃果も旅館もとても大切にしてた。そんな彼女に嘘はつけなかったよ」

「小夜子はそんな子じゃない」

だって小夜子は男をけしかけた。高校生なら善悪の判断だってつく年頃だ。なにもわかっていなかったとは言わせない。

「これでも人を使う店長が仕事だよ。人を見る目には自信がある。彼女は君が言ってるような人じゃない。穂乃果は彼女の気持ちをまるでわかってない。俺は妹さんに同情したよ。だから穂乃果の計画に乗ったふりをして、報告した。かわいそうだよ。いくらなんでも姉が妹にする仕打ちじゃない」

「じゃ、高校生のころ、なにがあったのかも聞いたの？」

「聞いたよ」

「それでも小夜子をかばうの？　味方になるの？」

「味方とかそういうのとはまた違うけど、彼女なりに苦しんでいたよ。それはよくわかった」

篤紀は騙されてしまっている。

小夜子ならいくらでも言葉を使って、篤紀を騙すなど簡単にできるだろうし、やりかねない。

「じゃ、わたしはどうなるのよ。あんな仕打ちをされて。それでも黙っていろって言うの？　冗談じゃないわよ。わたしはね、あの子に仕返しをしたいのよ」

「姉妹の喧嘩にこれ以上巻き込まれるのはたくさんだよ。カンベンしてほしい」

「わたしはどうすればいいのよ」

顔を背けて、篤紀は黙っている。

「なにもかもなくしたのよ。あなたのせいで。これじゃあ、本当になにも残らないじゃない」

しがみついていた。その腕を振り払われる。

見上げると、篤紀は顔を背けている。逃げるみたいに、突然駆け出した。

追いかける気力もなくし、穂乃果はその場に立ち尽くした。

不倫はフィフティーフィフティー、どちらかが悪いわけではないと、割り切っていたはずだ。だが幕切れがこれでは、納得しきれない。

悔しくてならなかった。

結局損をしたのは、穂乃果一人なのか。

今にも零れ落ちそうになる涙を、空を見上げて耐える。

空は悲しいくらいに透き通っていた。

声をあげて、泣きたくなった。けれどうまく泣けなくて、口を半開きにして歩き続けた。どこかに行く理由もなく、辿り着ける場所もわからずに。


それから十日ほど過ぎて、父親の和夫が亡くなったと連絡が来た。

電話は春子から来た。電話をかけてきた春子は淡々とした口調で、どこかさっぱりしていた。

「それでね、お通夜が明日で、明後日が告別式だから」

日取りを告げられても和夫が亡くなったと思えなかったのは、まだ死に顔を見ていないせいだろうか。

「ねえ、お母さん」

びくびくしながら、切り出した。

「うん？　なに？」

「お父さん、餓死したの？　ご飯、止めたの？」

しばらくの間、待っていた。春子の返事を。だがいくら待っても、なにも答えてくれなかった。

「お通夜は……」

答えのかわりに聞こえてきた一言だった。

「お通夜は明日だから」

「小夜子はどうしてる？　弘之と結婚するって？」

「ええ。なんだかちょっと迷いが出ただけみたいよ」

続いて通夜の会場となる場所を春子は言い、電話を切った。

寿命か、餓死か。

もし餓死だったら、こてんぱんに小夜子を責めなければならない。だが、なぜかその気力もなくなっていた。過去に捨てて、最早他人となっている家よりも、今は自分の家族のほうが大切に思えていた。

形だけの夫として、祐一は葬儀に参列してくれた。亡くなったのだと通夜の日取りを伝えると、すぐに会社から帰宅し、車を出してくれた。ちょうどアルバイトが休みだった颯馬も同乗し、親子三人で実家に向かった。

埼玉から群馬の斎場へと向かう車の中で、会話がなかった時間が辛かった。

家族でなくなってしまった。車の中でそう感じた。けれど斎場に着いたとたん、祐一はいい夫に戻った。喪主ではないが、家族の一員として、弔問客にあいさつをし、泣き続ける小夜子を労わった。かたわらには婚約者である弘之がぴたりとついていた。もちろん祐一は初めて会う義理の妹の婚約者を大切に扱った。

小夜子はずっと泣いていた。

餓死させたのかもしれないのに。

「小夜子ちゃん、元気出して」

ハンカチを握りしめて泣き続ける小夜子に、やさしく祐一は言った。

となりにいた弘之にも、丁寧に接している。

「小夜子ちゃんを支えてあげてください。うちのは姉と言っても遠くにいるし、なにもできないから」

「まかせてください、お義兄《にい》さん」

胸を張った弘之を見て、ああ、そうか、と納得した。

弘之は弟になる。祐一にとっても。

やさしさに満ちる会場に、町の人たちもやってきた。旅館組合の人ももちろん来た。彼らは小夜子に声をかけても、穂乃果にはなにも言わなかった。

小夜子は旅館を継いだ立派な娘で、穂乃果は両親を捨てて都会に逃げた娘だった。

斎場にいるのがいやで、通夜が終わると建物の外に出ていた。二月の夜風は冷たく頬を叩いた。

コートを取ってくるのを忘れたが、いまさら取りに戻るのもいやだった。

「寒いでしょう、お姉ちゃん」

振り返ると、小夜子が立っていた。

「ご飯だけど」

穂乃果がぽろりと口にすると、冷たい空気に当てられて、頬が強張り、痛みが走った。

「お父さんのご飯、本当は止めたの？　あれきり病院からは何の連絡もなかったけど」

にっこりと小夜子が微笑んでいる。涙のあとすら見えない。

「ばかねえ。本気にしたの？　病院が殺人なんかするはずないじゃない。寿命よ、寿命」

手の平を左右に振っている。

全身がすっかり冷え切っていた。夜風だけが理由とは思えないくらい冷え切っていた。

「本当に？　寿命なの？」

くるん、と小夜子が一回転をする。

「嘘よ、本当はね、ご飯、止めたの。一週間もかかったわ。本当、長かった。お父さんのご飯をやめてから、心臓が止まるまで。でも、もうおしまい。終わったの」

「小夜子、あんたって子は」

右腕を振り上げて頬をはたいた。

手の平がじんじんと痛むほど。

小夜子は頬を押さえもしなかった。まるで予期していたように、平手を黙って受け止めた。

「叩きたければもっとどうぞ。病院を訴えたければご自由に」

さもおかしそうに小夜子は笑っている。

「穂乃果もばかよね。あの男もばかだけど。幸田篤紀って言ったっけね、あの男。埼玉に住んでる、スーパーで働いてるって聞いてすぐにぴんときたわよ。わたし、泣きながら言ってやったの。自分がいかに穂乃果と旅館と親を大切に思ってるのか。そしたら聞きもしないのに、ぺらぺらとしゃべってさ。自分と穂乃果の関係とか、穂乃果に頼まれたとか」

手の甲で、小夜子は髪をかきあげた。風にさらりと髪が流れた。

「よくもまあ、あんな女好きなばか男と不倫なんかしてたわよ。笑っちゃうわ。昔から男に弱かったもんね。だから聡なんかにほいほいついていってさ。穂乃果はわたしのせいにしているけど、しょせん自分が悪いのよ。昔とぜんぜん変わってないんだから。学習能力なさすぎ」

もう一度手をあげた。

「よほど頭にきてるのね。いいわよ、なんでも好きにして。わたしはもうどうでもいいの。押し付けられたお父さんはもういないんだから！」

左手で、痛んでいる右手を包み込む。

そうだ、怒っても、訴えても和夫は生き返らない。篤紀も戻ってこない。

なにもかも終わったのだ、小夜子の言う通り。

「中に戻ったら？　お酒もあるし、たまには町の人とお話ししたらいいんじゃない？」

勝ち誇ったように言われた。

自信に溢れる小夜子は、くるりと背中を見せて、斎場の中に戻っていった。

冷たい風に吹かれ、小夜子の後ろ姿を見ながら穂乃果は呆然とその場に突っ立っていた。

装幀／原田幸生（スージー&ジョンソン）
装画／合田里美

本書は書き下ろしです。

小原周子（おはら・しゅうこ）

1969年、埼玉県生まれ。春日部准看護学校卒業の現役看護師。2017年、「ネカフェナース」で第12回小説現代長編新人賞奨励賞を受賞し、受賞作を改題した『新宿ナイチンゲール』を2018年1月に刊行してデビュー。本作が受賞後第1作となる。

わたしは誰《だれ》も看《み》たくない

二〇一九年十月十五日　第一刷発行

著　者　小原周子《おはらしゅうこ》
発行者　渡瀬昌彦
発行所　株式会社講談社
〒一一二-八〇〇一　東京都文京区音羽二-一二-二一
電話　出版　〇三-五三九五-三五〇五
　　　販売　〇三-五三九五-五八一七
　　　業務　〇三-五三九五-三六一五
本文データ制作　株式会社新藤慶昌堂
印刷所　株式会社新藤慶昌堂
製本所　株式会社国宝社

N.D.C.913 310p 19cm ISBN 978-4-06-517387-9